六年一班實現夢想的羽翼
——小學生作文作品集

張雅婷・編著

序

成果・感謝・傳承

這本作品集終於全部完成了！感覺自己好像跟著這些小朋友們一起踏上人生的另一個旅程，在一字一腳印的努力下，所有的六年級畢業生一起完成了大家的夢想，把自己多年來的練習成果展現出來，雖然不見得盡善盡美，但這就是他們的生活、他們的內心、他們的想法。

能夠完成這本作品集，要感謝的人實在太多了，當我一提出這個構想的時候，三個班級的小朋友都大力支持，出乎我的意料之外，實在要感謝這些小朋友的熱情；等到正式發了通知單後，所有的家長也都極力支持，和我們一同期待著這本作品集的誕生，要感謝的是家長的信任，信任我們的計畫、信任我們的夢想；最重要的是要感謝秀威出版的黃姣潔小姐，要不是她的慧眼，我們恐怕連這個做夢的機會都沒有呢！

從事作文教學也有五年的時間了，在這段時間裡，我最在乎的就是我所教過的每一個學生，其中不乏我從他們小小的小二階段，拉拔到現在要升國中的小大人，升上國中後，大部分的小朋友都要各奔東西，因此想在小朋友的人生旅途中，替他們留下一些些值得紀念的回憶。在苦思了一段時間後，想起在大學讀書的時候，系上的蕭蕭老師曾經替我們出過一本學生作品集式的詩集，至今仍是非常富有紀念意義，在我的心裡也是影響深遠，因此我也希望能在他們心中，種下和蕭蕭老師在我們心中種下一樣的種子，相信這份感動會是永存心中，甚至多年之後再回味會更覺香醇。

單純印刷作品集當然是可以呈現的方式，但是我想就孩子的感受而言，如果能夠為這幾年的耕耘留下些足跡，並且是一個非常正式的出版品，這對他們來說會起很大的鼓舞作用，也會是一個無比的榮耀。雖然製作這本作品集的時候，仍是會遭遇到許許多多的困難，但只要一想到每個小朋友殷殷期盼的眼神，所有的辛勞都煙消雲散了，而這本作品集只是一個開始，也期許我們可以有第二本、第三本，把這本作品集當作我們的傳承、我們的記憶。

張雅婷

目次

序／003

真情宣言

爸爸的玩具　大勇國小　陳政瑜／013
常常，我想起的那雙手　台中國小　孫靖雯／015
使疤痕發光　大勇國小　游惠文／017
溫暖阿公　忠信國小　顏晨皓／019
老師的熱情　台中國小　孫靖雯／021
最真誠的友情　忠孝國小　黃冠鈞／023
把關心傳下去　大同國小　黃筱淇／025
給受災民衆的一封信　大勇國小　洪子琪／027
心中永遠的疤痕　忠孝國小　黃冠鈞／029
菜園中的身影　大勇國小　游惠文／031

常常，我想起那雙手 忠信國小 劉曉頤／033
給媽媽的一封信 育仁國小 葉凡瑄／035
它，美味中的美味 忠信國小 許育愷／037
午夜的聲音 育仁國小 葉凡瑄／039
弟弟消失了 新平國小 邵筱芸／041

我的想法不一樣

機會 大同國小 黃筱淇／045
午夜的聲音 忠信國小 顏晨皓／047
被帶走的沙 忠孝國小 葉渝文／049
踩草莓 大勇國小 陳政瑜／051
橡皮擦的葬身地 新平國小 蔡昀潔／053
小小一粒的幸福 大勇國小 洪子琪／055
世界的關卡 新平國小 潘祈宏／057
疤痕 忠孝國小 呂世庭／059

鞋子般的情誼　忠孝國小　葉渝文／061
午夜的聲音　大勇國小　洪子琪／063
午夜的聲音　大勇國小　游惠文／065
假球風暴　新平國小　邵筱芸／067
文字不見了　新平國小　蔡昀潔／069
鏡子　忠信國小　顏晨皓／071
反省是一面鏡子　新平國小　潘祈宏／073
預知的能力　忠信國小　顏晨皓／075
木星的未來　忠信國小　許育愷／077
衝破困境　迎向夢想　新平國小　劉惠昕／079
橋　新平國小　蔡昀潔／081
窗戶　大勇國小　洪子琪／083
鏡子　中正國小　魏奕惠／085
沒有數學的日子　大勇國小　洪子琪／087

砰！車禍發生了 忠信國小 劉曉頤／089
是！是！是！ 新平國小 潘祈宏／091

這就是生活

陳家鳥園 大勇國小 陳政瑜／095
那時的我，好快樂 大同國小 黃筱淇／097
新書包，真好 大勇國小 鄭貴尹／099
發亮的甜甜 中正國小 魏奕惠／101
天神的佳膳 忠孝國小 黃冠鈞／103
新年糗事多 大勇國小 陳政瑜／105
貼春聯問題一籮筐 忠孝國小 葉渝文／107
自由的監獄 新平國小 邵筱芸／109
可怕的回憶 育仁國小 葉凡瑄／111
樂在書中 新平國小 蔡昀潔／113
樂在棋中 新平國小 劉惠昕／115

當陽光劃過地平線　新平國小　劉惠昕／117
午夜的聲音　忠信國小　劉曉頤／119
午夜的聲音　忠孝國小　呂世庭／121
午夜的聲音　忠信國小　許育愷／123
腳踏車驚魂事件　大勇國小　游惠文／125
一件新衣服　育仁國小　葉凡瑄／127
開夜車的耳朵　新平國小　詹逸賢／129
欠債王　忠信國小　許育愷／131
感受不到的愛　忠孝國小　葉渝文／133
在夕陽之下　忠孝國小　黃冠鈞／135
籃球的祕訣　忠孝國小　呂世庭／137
我的煩惱　大同國小　黃筱淇／139
我的第一次　大勇國小　鄭貴尹／141
我的第一次　大同國小　黃筱淇／143
我的小天地　中正國小　魏奕惠／145
幸福的滋味　新平國小　詹逸賢／147

歌詞創作

充滿夢想的大地 大勇國小 鄭貴尹／151
頑固的眼皮 忠孝國小 呂世庭／153
友情 忠信國小 劉曉頤／156
數學 新平國小 邵筱芸／159

文學的光芒

午夜的聲音 大勇國小 鄭貴尹／163
午夜的聲音 中正國小 魏奕惠／165
維京人的藍寶 台中國小 孫靖雯／167
你是劉備嗎？ 台中國小 孫靖雯／169
二十年後的我 新平國小 詹逸賢／171
活在古代的我 新平國小 潘祈宏／173

真情宣言

爸爸的玩具

大勇國小　陳政瑜

爸爸是鄉下人。

爸爸的玩具是獨一無二的，必須自己做。

爸爸小時候常常去家的後面撿樹枝，自己跟玩伴們一起做彈弓、陀螺。彈弓的弓是用很粗的樹枝做成的，而拉的地方則是用一大堆橡皮筋黏在一起，再找一個厚紙板黏著，就大功告成了。

之前爸爸回台灣時，他有帶我回阿公家。打完招呼後，爸爸看到牠小時候的玩具，我就問爸爸；「這是什麼東西呀？」爸爸很驕傲的說；「這是我自己手工ＤＩＹ做的玩具。」還問我想不想要，他要做一個給我，我開心得跳了起來大喊「好」。

我們父子倆走了出去，去山上撿了一些材料，下山之後，我們為了在天黑之前做好，於是我跟爸爸聯手快馬加鞭的做，可是做到一半突然發現忘了拿繩子，我趕緊回去拿。當我回來時，我看到了一顆看起來耐磨而且堅固的陀螺，我懷疑爸爸是用魔術變出來的。

爸爸捲好陀螺發射出去之後，它轉的速度有如電風扇一樣快，我把我的手放在旁邊時，還可以感受到它轉動時捲起的風。我很調皮的用手去摸了一下，沒想到竟然被它給割傷了，這應該就是人家說的樂極生悲了吧！之後我帶著陀螺回到了台中的家裡。

隔了幾天，爸爸又要去大陸了。現在，我每天只要看到那顆陀螺，就會想到努力的爸爸，我把它帶去學校，同學問我怎麼會有這麼特別的陀螺，我驕傲的說：「這是我跟爸爸親手做的。」

常常，我想起的那雙手

台中國小　孫靖雯

夕陽照耀著騎樓，秋風輕輕拂面。夕陽的餘輝照在我們的書包上，原來，兩年前的那天，還一直歷歷在目。

兩年前，我剛來這所學校，一踏進教室，你就對我打招呼，還介紹老師和其他同學讓我認識。老師要安排座位時，你自告奮勇的說要坐我隔壁，讓我真高興。

我最喜歡你的地方，就是你的優點。你總是笑笑的面對問題，讓我覺得，有你在身旁，總能感到豁然開朗，心情也就高興了起來。我們不僅是同學，還是鄰居。每天放學回家，我們總在那座騎樓下，一面走，一面談著心，有說有笑的回到家裡。回家後，又馬上跑出家門，帶著球，一起到附近的公園玩球、散步，玩得不亦樂乎。有一次，因為我考試考差了，回家深怕被爸爸打、被媽媽罵，所以整天悶悶不樂，想笑都笑不出來。但你總是在旁邊安慰我，要我不要想太多，用「笑」來面對就好了。於是我不再難過了，心情也跟著開朗起來了。原來，你是在我最挫折時，扶我起來的那雙手，讓我知道「失敗為成功之母」的意義。

但是，好景總是不常，一年後，你天天悶悶的，不管我講了什麼，你都不回答。後來，我才知道你要到離這裡非常遠的屏東，和你的外公一起住。雖然很不捨，但這也是沒辦法的事啊！雖然我們相處的時間只有三年，但這三年中，我們所有的回憶，是任何一位同學都比不上的，希望以後我們可以再見面。

晚霞籠罩著騎樓，秋風依舊是那麼的輕，但兩年後的今天卻顯得特別淒涼，原來，少了世瑜你這位朋友是多麼的寂靜。我好想告訴你，你就是我常常想起的那雙手，那雙堅定，而且永遠都願意扶起我的那雙手。

使疤痕發光

大勇國小　游惠文

有一種疤痕是看不見的，有一種疤痕是會再次復發的，有一種疤痕是脆弱的，只要不小心去觸碰到即將結痂的疤，卻又立時被掀了開來。心中的痛，心中的疤，令我痛苦萬分。

每次分班，有新的同學，我們都會互相打聽每個人的資料，可是每當同學們問：「你爺爺呢？」我的心就會微微一振，霎時從天堂掉入冰宮，一瞬間冷了下來，我只能緩緩的回答：「我沒有爺爺。」我的心中有一種恨，但不是恨那誤觸傷口的同學，而是恨爺爺，爺爺為什麼要那麼早離去？我覺得爺爺好奸詐，他丟下我們，去我們不知道的世界。

爺爺的離去，令我思念，思念他那和氣的面容，那股思念像一把刀，不斷的刺入我的心，一刀又一刀，一次又一次，我只能不停的哀嚎：「神啊！為什麼要把我爺爺帶走呢？」利刃抽離傷口後，那傷痕，那悲痛，依然存在。只要一個不小心，不小心觸碰到那內心深處的疤，它立刻就血流不止，悲痛又襲捲而來。然而，現在那道疤還是存在，也還是會再次將傷痛帶來，但是我不再為那道疤流淚，我要使它成為一道發光的疤痕。

每當我有了優秀的表現，我就會想：「爺爺，您有看到吧！您的孫女真的很優秀。」那股傷痛已化為我前進的動力，慢慢的把我向前推進那光明的未來之門。

我不必刻意的去遺忘掉這道疤痕，因為它是我人生中的一部分，也是我人生中的一個環節，少了它，我的人生畫布中，就會有一片空缺。

溫暖阿公

忠信國小　顏晨皓

在我小的時候，因為父母工作的關係，而無法照顧我，只好把我送去台北的阿公家住，又因為我是阿公最小的孫子，所以阿公和阿嬤特別疼我。

阿公每天都要買飯、洗衣服、掃地，非常的辛苦，但因為阿嬤生病躺在床上，所以阿公只好一手包辦所有的家事，阿公雖然每天都很忙，但是還是常常帶我出去玩。

有一天半夜時，阿公突然叫醒我，還和我說要帶我去一個神祕的地方，說完阿公立刻把我抱上車，開著車出發了。

到了目的地，我馬上問阿公這裡是什麼地方？阿公卻只是笑笑的看著我，一句話也沒說，當我要繼續追問下去時，突然一道耀眼的光從山上射了出來，在陽光射出來的那一剎那，我立刻就被眼前的景象震懾住了。我一直呆站在那看著日出的美景，感受著太陽射出的溫暖陽光，阿公輕聲的和我說：「這是你的生日禮物。」聽完了阿公說的話，呆站在那裡的我，立刻衝過去緊緊的抱住阿公，並且和阿公說：「這是我收過最棒最好的生日禮物了！」

八年過去了，雖然生活改變了很多，但是那美麗的日出是永恆不變的。每當我早起時，我總會跑上頂樓，去看看那份阿公給我的生日禮物，因為這份禮物就像阿公一樣，那麼的慈祥，那麼的溫暖、耀眼。

老師的熱情

台中國小　孫靖雯

老師：

在一間教室裡，天花板是白色的，牆是白色的，白板也是白色的，就連桌椅的一部分也是白色的……，到處幾乎都是白色的，只有老師的熱情，不是白白的。

還記得第一天來上課，您送了我一顆種子。種子又圓又黑，中間還有一顆白色的愛心，真可愛。您說那是倒地鈴的種子，是我們第一次見面的禮物。

您的身材很好，又漂亮，想必有許多追求者吧！您上課時總是幽默詼諧，喜歡說自己小時候的故事，每當您說起小時候的故事時，我都在想：老師的童年真豐富，哪像我，有什麼童年都想不起來……。您上課時，不管是說話的口氣、動作都很有活力。當您拾筆開始上課時，所有的熱情全都湧現了出來，如同太陽一般，燦爛無比。也因為這樣，激發了我對寫作的潛力及欲望。

老師您最迷人的地方不只是外表，還有老師的心，一顆盡責的心。就算我寫得再慢，您都不會生氣，如果是其他老師的話，可能都耐不住性子了呢！

和您談天說地時，我覺得不僅可以聊天，還可以學國文知識，我想您一定花了不少時間在讀國語上。

您看起來天不怕、地不怕的，原來還是有令人遺憾的地方。您的母親這麼早就當了「天使」，老師，您會想念嗎？我每一次聽到都覺得好難過，少了媽媽的感覺不好受吧！不過您雖然表面上看起來沒事，是不是其實心裡也五味雜陳？

經過了一年又六個月的相處，不知不覺我就要畢業了，上了國中班，又不知道有沒有緣再見面。謝謝老師的教導，讓我在寫作上有了很深又牢固的基礎。謝謝老師，期盼能再相見。

祝

永遠十八歲

學生　孫靖雯敬上

99年3月9日

最真誠的友情

忠孝國小　黃冠鈞

我與他並沒有太多禮物的交換，我與他也不是一天到晚泡在一起，但我知道，他是最值得我相信的朋友。

他的名字叫做吳冠德，我們第一次認識的時候是在作文班，但到底是什麼時候成為朋友，這我也說不清楚。也許是照顧，也許是依賴，不過我至少可以知道，真正的友情不可能在一時半刻之間便形成的。

像上次，我們用手機互傳資訊時，他願意將他的密碼交給我，我也願意把密碼交給他，這就足以證明，我與他之間的信任，也足以證明我們彼此之間的相知相惜。

在許多我獨自一人的時候，他會回頭照顧我；當我有問題時，他也會全力的回答我、幫助我。因此我總是覺得他為我付出的，遠遠超出我對他的付出，所以我常常對他感到敬愛，也常常對他感到有說不出來的慚愧。

這次的畢業旅行，他積極的要我和他同一個組，使我感動不已，但這樣就違背了我對自己小組的承諾。也許是上天對我意志動搖感到不滿吧！自從老師說只能四人一組時，在組員都難以取捨的情況下，我便自願離開。經過幾番輾轉之後，我被編在和找不到組的人一起，當我望著吳冠德時，也只能後悔莫及了。

我對他的信任，他對我的付出，彼此之間都不會有所猜忌，我們之間將永遠維持連絡，因為我們的友情，必是最真誠的友情。

把關心傳下去

大同國小　黃筱淇

受災民眾們：

雖然莫拉克使你們的心血全化為烏有，但是我卻為你們感到慶幸，因為你們還活著。看到新聞報導，災情最為嚴重的是在南部一帶，突如其來的天災，使許多人分離，但只要抱著一絲希望，為所有受災民眾誠心的祝福，我想事情會有轉機，未來就在眼前，只要踏出你們的一小步，幸福會迎面而來。

遭逢天災的八月八日，房子就這樣被掩埋了，一想到親人還在裡面，內心是恐懼、害怕的，雖然隔著遙遠的距離，但我卻能感同身受，失去親人的痛，是難以癒合的。即使過了五、六年甚至是好幾十年，回想起一幕幕斷斷續續的「恐懼」畫面，就像是心被劃了一刀又一刀一般，久久不能忘懷，但你們卻不能因此失去了活下去的勇氣。

我們互不相識，但是我們同在一顆地球上，我們同樣住在臺灣的土地上，我的腳下是陸地，你們的腳下卻是一片汪洋，雖然如此，我關懷你們的心是不變的，因為我們呼吸的是一樣的空氣。

陸地淹沒了，家人分開了，但愛是永不破滅的，只要想著，房子沒了，車子沒了，但社會大眾對你們的關心卻永遠留存，只要你們重新再站起來，事情會有轉機，將大家對你們的關心化為力量，再重新站起來不是難事，永不放棄希望，因為你們還活著，找回信心，重建家園，就算只有自己一個人，我們也會為你們祈禱，給你們力量。

橋斷了，有些人不幸摔落，房屋塌了，有人不幸罹難，但你們活下來了，所以不放棄希望，重新站起來，總有一天你們也能幫忙更多人，把關心再傳下去。

祝

早日看見那烏雲背後的蔚藍天空

關心你們的人　筱淇敬上

98年8月11日

給受災民眾的一封信

大勇國小　洪子琪

住在南部的民眾們：

你們好，你們的家人是不是都平安呢？身體健康嗎？雖然這些災情不是發生在我的身上，不過我能感同身受，能夠體會你們的心情，也為你們感到很難過。

這幾天我在電視新聞中看到了許多災情，有的村落因為發生土石流而被淹沒，許多人都被活埋，一生的心血也都化為烏有；雙園大橋斷裂，有些車子因此掉入洪水中，而車內的人也都音訊全無了；住在河堤邊的民眾，也有人的房子整棟被沖走，所有的依靠都沒了。看到這些報導，我感到很震驚，也為這些人感到難過。

雖然你們因為這次的災害而損失慘重，不過大家都會幫助你們的，救難人員很努力的搶救，很多人都很有愛心的捐款或提供物資來協助你們，所以你們不應該感到灰心，要努力站起來，重新開始。雖然我只是一個小孩，無法幫上什麼忙，也沒有能力可以捐錢，不過我會在心中真心的為你們祈禱，如果你們的家人失蹤了，我會祈求救難人員找到他們，讓你們一家團圓。希望我的心力可以為你的心靈帶來安慰或者是支持下去的力量。

錢沒了，可以再賺；房子沒了，可以再蓋，只要你們還活著，就可以重新建造家園，所以你們不應該灰心，要洳力重新站起來，我也會為你們加油。

祝

心裡的傷痕能早日撫平、臉上的笑容能再次綻放。

關心你的小女孩　子琪敬上

98年8月11日

心中永遠的疤痕

忠孝國小　黃冠鈞

在我的心中，你的離去，使我心碎；在我的心中，你的離去，使我留下永遠的疤痕。在天國的爺爺呀！您可知道在我心中的痛楚？您可曾聽到我對您的呼喚？

當我知道您離開我的時候，我以為這只是一場可怕的惡夢，只要醒來便可逃脫這場夢魘，但，我即使一再的往臉上潑水，事實依然如此。當我看著您躺在冰櫃裡時，凝視著您那安詳的臉，我似乎感受到您就在我身邊，向我看著、笑著。

之後，我對您不斷的朝思暮想，對您不斷的呼喚，一直以為您已經回來了，但不知道我等過了多少時間，卻依然無法看到您的蹤影，此時我感到心灰意冷了。

您已不再回來了，我也清楚的了解，但，這個事實卻在我心中刻下永遠的疤痕。我不知道我到底要怨誰，也不知道我應該要如何去面對它。老天爺呀！祢為什麼要如此對我，為什麼要帶走這麼慈祥的爺爺？或許這就是我的命運吧！

時間一天一天的過去，我在別人面前依然是如此的自然，依然如此的歡笑，但在我的心中，已刻下了今生永遠無法抹去的疤痕，不管我到了多遠，不管過了多久，這個在心中的疤痕一直存在，直到永遠。

菜園中的身影

大勇國小　游惠文

這一大片的菜園中，種著黃的、綠的、紫的……，各種不同的蔬果，但我所注意的是在不同顏色中穿梭的渺小身影，駝著背，照料著蔬果，此時，菜園中的色彩又更加豐富了。

我的阿嬤有一座菜園，阿嬤每天都很早起床去照料那些蔬菜水果。這一些蔬果點綴著菜園，讓菜園不再只有單調的綠色。我喜歡跟著阿嬤一起去探望那些蔬菜，阿嬤總是彎著腰、流著汗，細細的將菜中的害蟲一一剔除，我愛看的，就是阿嬤勤奮的身影。

阿嬤的菜園很大，就像阿嬤的心一樣。每次月考只要有滿分，阿嬤就會給我一些零用錢，或是給我幾顆糖，鼓勵我更加努力的讀書。記得曾看過菜園中較脆弱的菜，阿嬤就會用網子網住這些菜，阿嬤對待我時也是如此，他總是一層又一層的包住我，不讓我受到些許的傷害。

雖然阿嬤在菜園中工作的身影有些模糊，可是她的身影，我喜歡。當她在收菜時，我能看見阿嬤眼中的滿足和快樂，讓我也莫名的高興了起來。採收時，我總是愛偷摘一些水果來吃，在這菜園中，我最愛的水果是香蕉，香蕉的背彎彎的，令我想起阿嬤彎著背照料著青菜的背影，所以我特別喜歡香蕉，因為香蕉一直提醒我，做事要勤奮。

阿嬤說：「菜園就像人生，要勤奮的耕耘，才能種出最好的成功。」我認為阿嬤說的沒錯，有沒有收穫，在於勤不勤勞的努力，只要勤奮，我的菜園也會有好的收成。

常常，我想起那雙手

忠信國小　劉曉頤

當我最後一次摸到那雙皺巴巴的手時，就忍不住掉下淚來，那雙手曾經摸過我的頭，也曾經摸過我的腳，但是現在那雙手已經不在了。

每當我跟爺爺出去散步的時候，總是緊握著他那雙瘦瘦的手，因為爺爺生了一種病，會讓他的身體不斷的瘦下去，讓我非常的難過。爺爺曾經陪我下棋、看書和散步，但是他的身體越來越衰弱，當時他能做的事只剩吃飯，後來，他的手連湯匙都拿不起來了。

在一個安靜的夜晚，他離開了我們的身邊，不知道爺爺在天上，能不能想起我跟他的回憶？在醫院裡看著爺爺，彷彿看到爺爺的臉笑了，那時我掉下了眼淚，那是爺爺的最後一個表情，也是他最後一個笑容。

當我在醫院裡摸到最後一次爺爺的手，也是我看到爺爺的最後一次，那天晚上我夢到爺爺跟我下棋的情形、跟我散步的模樣，讓我感到一陣心酸。

只要我想起爺爺那雙皺皺的手，就又深深的感受到爺爺對我們家的貢獻有多大。我和爺爺有個小祕密，每當我進去爺爺房間一次，他就會給我五十元，現在那些五十元我都還留著，因為這是只屬於我和爺爺的記憶。

我坐在公園的椅子上，往天空一看，彷彿又看見爺爺的雙手，想起我跟他的快樂回憶，我好想跟爺爺說：希望您趕快回到我身邊，希望能再一次見到溫柔的爺爺，讓他那雙慈祥的雙手再度擁抱著我。

給媽媽的一封信

育仁國小　葉凡瑄

親愛的媽媽：

您最近好嗎？也有快一個禮拜沒看見您了，因為您去上海，讓我每天都好想您和爸爸，直到現在，我才感受到您對我和弟弟的用心。

媽媽，您十分辛苦的在照顧我們，我們卻時常讓您煩惱，媽媽您對我們的關心和用心遠遠超過了廣闊的大海，您對我們的愛比任何江河都還要深、還要大。

爸爸常說您就像一位不支薪的管家，時時刻刻的保護我們，就算是出國，您還是惦記著我們，買很多禮物給我們，您讓我們讀了私立的學校，幫我們請了家教，對我們您永遠都不會喊累，只要我們要什麼，您都會馬上給我們，讓我和弟弟成為世界上最幸福的小孩。

我時常在抱怨您對我太嚴格了，卻一直不知道您是為了我好，要我成為有教養的小孩，讓我的人際關係也愈來愈好，雖然您常常責備我，說我考試考得不好，我也覺得您很嘮叨，很愛碎碎念，卻不知道您是出自於關心我，怕我會跟不上進度。

是您讓我的生活變得很幸福，讓我和弟弟食衣住行樣樣都不缺，也常常帶全家一起出去玩，讓我們的生活都很充實，讓以前那一個不懂事的我，漸漸變成一個懂得體諒別人辛勞的人，我答應您，我一定會變成一個又懂事、又聰明、又乖巧的女兒。

祝您

身體健康　萬事如意

愛您的女兒　凡瑄敬上

98年9月25日

它，美味中的美味

忠信國小　許育愷

它，擁有甜美的滋味，它不像一般飲料店調得又貴又難喝，它必須自己做才能品嘗它的香味，以及它的美味。

這個飲品必須請我家的天才媽媽製作，因為她可是我家最會調飲料的人。它喝起來有點甜甜的，但又不像糖果那麼的甜，它更會散發出獨特的神祕香氣，而當它跑進嘴裡時，又會立刻嘗到另一種味道——酸味。它看似檸檬紅茶，但它卻不是檸檬紅茶，而是蜂蜜檸檬。

它聞起來有著蜂蜜以及檸檬的混合香，是那種令人難以抗拒的獨特香味，因為它有著淡淡的蜂蜜和濃濃的檸檬香，而這種味道聞起來就是會讓人下定決心一定要喝喝看這種滋味。

媽媽平時就是愛做這些充滿著健康的食品，當然只有好喝沒有不好喝的啦！品嘗媽媽做的健康食品也成為我的特殊興趣之一，因為這樣子，我也吃了不少美味又好吃的食物。

每次喝蜂蜜檸檬時，都會因為它太好喝了，所以捨不得喝，因此這樣好好的一杯飲料，可以讓我喝上好幾個小時，我喝了這麼多次，當然不可能沒有把它的做法記下來，但因為還要切檸檬，這是我非常不熟悉的事情，所以只好請媽媽幫我做啦！

一直到現在我仍然還是無法忘記它的美味、它的甜美、它的香味，也因為這樣我和他之間的感情可是非常濃厚，當然也不能忘了感謝辛苦的媽媽。

午夜的聲音

育仁國小　葉凡瑄

弟弟的鼾聲，媽媽的電視聲，爸爸的打字聲和小狗汪汪叫的聲音，讓我知道，我又失眠了！

從小，我就常常失眠，所以家中夜晚的聲音我都一清二楚，尤其，是弟弟可愛又討厭的打呼聲。

每當我聽見弟弟的打呼聲，就會讓我想起小時候：我和弟弟從小就很會打架，不是抓頭髮就是咬對方，讓我印象最深刻就是我五歲那年。我們全家一起去新光三越，爸爸去買他的褲子，媽媽要幫我們買新衣服時，就把我和弟弟帶往遊戲區，原本是手牽著手一起去，但是我和弟弟一看到溜滑梯，馬上發瘋似的去搶位置，誰也不讓誰，就當場打了起來，我先用了最噁心的方法對付他，就是吐口水，他也用抓頭髮的方式反擊，我又抓了回去，就是這樣你不讓我，我不讓你的打了三、四分鐘，媽媽才來解救快要打敗仗的弟弟。因此我還被罰了一個禮拜不可以看電視。

上個禮拜我和弟弟還一起牽手睡覺，又聽到了他那個有十分之九刺耳十分之一可愛的打呼聲，讓我想繼續的聽下去，但卻又不自覺得進入夢鄉，呼呼大睡。

有時，我會討厭有一個弟弟，常常和我搶玩具；有時，會羨慕弟弟，可以開心的玩；有時，我更喜歡弟弟陪我一起分享喜怒哀樂。

今夜我又聽到鼾聲，表示我又可以聽著可愛又討厭的鼾聲慢慢的進入夢鄉。

弟弟消失了

新平國小　邵筱芸

獨生子、獨生女，總是看著別人扮演，為什麼我不行？為什麼我是個姐姐？如果，弟弟是個懂得孔融讓梨的人，那還不打緊，偏偏弟弟卻只是個懂得如何折磨姐姐的小惡魔，我的未來還有太陽嗎？

我曾經想過各種「拋棄弟弟」的方法，但是都行不通，不過，「有夢最美」，既然無法把弟弟丟棄，在腦海中想像總可以吧！如果弟弟從未出生，就太棒了！全家人會將我捧在手心上，像掌上明珠般的呵護我。就算出生了，如果有一天，他在外頭走失了，我就不用再將他伺候得服服貼貼，他就再也不是王子了！

不過，弟弟消失了，真的好嗎？不用再見到弟弟，真的好嗎？

不！不好，一點都不好。弟弟消失了，我就再也看不到他帶點斯文的可愛表情；弟弟消失了，我就再也牽不到他出乎意料、和身材極不搭調的肥肥小手；弟弟消失了，我就再也聽不到，他對我撒嬌時那甜得都快要讓我融化的聲音，還有睡覺時，他輕微的打呼聲，作惡夢時，發出的磨牙聲，和害怕時向我求救的聲音。如果弟弟消失了，我的秘密要向誰說？弟弟消失了，我在學校受到的委屈要向誰傾訴？沒有弟弟的世界，真是缺少了好多色彩，一點都不溫暖、一點都不快樂！

或許，我不太適合當獨生女；或許，我比較適合當姐姐，專門照顧「惡魔弟弟」的姐姐；或許，我有朝一日能習慣弟弟的忽冷忽熱，畢竟，他是我最好的朋友，也是我最愛的弟弟！

我的想法不一樣

機會

大同國小　黃筱淇

「機會是留給準備好的人」機會常常在不知不覺中從你身邊經過，但是你卻從來沒有注意過他，所以他就一聲不響的偷偷溜走了。

機會最喜歡搭著特快車在你的身旁遊蕩，若你沒有在他跳下來的同時抓住他，那麼，你就等於錯失了一個能使你成長的契機。當我聽到這句話時，就使我有很深的感觸。

愛迪生能從一個被大家說是怪小孩的人，成為一個家喻戶曉的發明家，那是因為他很努力，他懂得把握機會，並從每一次的失敗中記取教訓，所以我也要向愛迪生看齊，隨時準備好，當機會來臨時，就一把將他抓住，不要讓他從手中逃走了。

當我遇到困難，我總是會想到這句話，考試前的晚上，我心裡想著「讀書好累，我真想把他拋到九霄雲外」，但是換個角度來想，在考試前如果我用功讀書，那麼考一百分的機會就是屬於我的了，等考完了試，不但不用挨罵，而且還可以開心的玩樂，那不是很好的一件事嗎？

「機會是留給準備好的人」，當你沒有準備好的時候，一切的機會都是等於零，當你在寫作文時，如果你沒有事先想好綱要及方向，那你就會摸不著頭緒，寫出來的文章就不會那麼的完美，如果你事先準備好，自然靈感就會不斷的湧出，那麼你在下筆時便能行雲流水了。

我常常在想，如果我上課時，能比現在更認真，那麼，每科都考得很好的機會就是我的，如果，如果有好多個如果，但是唯有把握當下，如果才不會變成「路過」。

午夜的聲音

忠信國小　顏晨皓

燈熄了，所有的聲音都停了，這彷彿是午夜來臨的預告，萬物都靜止不動，但是只有時鐘的指針還滴答滴答的轉著。

當我聽著時鐘滴答滴答的聲音，我彷彿看見了時鐘在對我說：「我好累好累。」從早上到晚上，從春天到夏天，從夏天到秋天，從秋到冬，他一年四季都在轉著，我知道他真的好想休息，就跟我一樣。當我聽著時鐘對我發出求救的聲音時，同時也聽見了它那上氣不接下氣的喘氣聲。

當我看見他那辛苦的模樣，讓我想起了自己的父母。當我在學校和同學一起快樂的玩遊戲時，爸爸媽媽在辛勤的工作；當我在家裡看電視時，他們卻在忙著做家事；當我在快樂的放暑假時，他們卻還是一刻不得閒。

我就像是時針一樣，而父母就像秒針，我用像烏龜一樣的速度爬，就已經覺得很累了，但是父母用了比我快上好幾倍的速度衝，一定會比我累上好幾倍，但他們卻從來沒有一句怨言，每天努力的工作，所以我一定要好好的孝順父母，不要讓他們過度勞累。

回想以前，自己常常吵著和爸爸媽媽要玩具，現在回想起來，覺得自己非常不懂事，雖然現在真的好想打開房門出去跟他們說一聲謝謝，但又怕打擾到他們所剩無幾的休息時間。

當我在思考時，指針還是在滴答滴答的轉著，我聽著那滴答滴答的聲音，就在不知不覺中沉沉入睡了。

被帶走的沙

忠孝國小　葉渝文

在五年級的暑假時，我和家人一同到了一個旅遊勝地，這個地方有非常多的沙地，以及零零散散的一些小海星與色彩豔麗的空貝殼，我們全家人看到如此美麗的景色，都超級興奮的，每個人都玩得不亦樂乎，直到汗流浹背才肯停下來休息。

正當我們在沙灘上一邊休息，一邊看風景時，赫然發現一群年輕人怪異的走路方式，這個走路方式吸引了我的目光。他們每一個腳步都非常用力踩，我們再用眼睛追隨著他們的腳步時，更發現到，每當他們一走到涼亭，便從背包裡拿出一個裝沙子的瓶子，並把還殘留在腳底下的沙子裝了進去，沒想到，他們因為這個地方不能亂採沙子，就用這種方式將這裡的自然帶回家，唉！現在再怎麼美麗的風景也無心欣賞了。於是，我們趁著天還沒有很黑之前就回家了。

事後想想，這些盜採沙子的人有沒有想過，為什麼這裡會禁止盜採沙子呢？我想很有可能是因為，如果再繼續任意放縱這些人盜採沙子的話，日積月累下來，每個人帶走一些沙灘上的沙子，往後這些美麗的沙子，我們有可能再也看不見了。

就因為自己一念之差的貪心，而讓後世子孫，甚至是自己的下一代，永遠都欣賞不到這麼美麗的風景，就算不為自己著想，也該替那些無辜的人想一想，別因為自己的一點點私心，而留下無法彌補的遺憾。

踩草莓

大勇國小　陳政瑜

上個星期六的下午，全家人去到了苗栗的大湖，而打從一開始，我就被那一家家的草莓園吸引了，我迫不及待的要去採草莓，媽媽看我這麼想趕快採草莓，所以就快速的把車子停好。

我們全家盡速的前往草莓園，我馬上衝了過去，一不小心走錯路，害我跌了一跤，爬起來時，我感到我腳下好像有什麼東西，睜大眼睛一看，原來是踩到一顆未成熟的巨無霸草莓。我看了一下，沒想到怎麼會有人這麼沒公德心，把這麼好吃的草莓丟在地上呢？我無奈的繼續往前走著。

我看了一眼，看到我們家那兩歲大的小孩在旁邊一直狂抓草莓，然後把草莓丟在地上，想不到這麼沒公德心的人竟然遠在天邊近在眼前，還好他只是一個無知的兩歲小孩。之後我趕緊衝過去把小孩抱了起來，帶到姐姐的身邊，我提醒姐姐：「不要讓他亂摘下草莓，而且亂丟在地上。」我才繼續去採草莓。

途中我又看到好多人手裡採著草莓，嘴裡還吃著，更可惡的是採到更大、更飽滿的果實之後，原本手上較小顆的草莓就往下一丟，真可惡！那些人根本就不是來採草莓的，而是來「踩草莓」的吧！如果大家發揮一下公德心的話，體諒農民的辛勞，那麼這麼美麗的草莓園上，就再也不會有「踩草莓」的痕跡。

橡皮擦的葬身地

新平國小　蔡昀潔

前幾天，老師在講台前撿到第四個走丟的橡皮擦後，立刻火冒三丈，破口大罵，詢問過後，竟然沒有人認領，老師當機立斷，將這個「失蹤兒」丟進垃圾桶裡，垃圾桶就成了這位橡皮擦先生的葬身之地。

下課後，我看了垃圾桶裡的橡皮擦，為他獻上一朵「衛生紙花」，赫然發現，這個橡皮擦竟然是全新的，才剛開封而已，可憐的橡皮擦，生命是如此的短暫，才剛見到新世界，就馬上被小朋友遺棄，我不禁感嘆，為何現代小孩如此不懂珍惜呢？我回到座位，望著橡皮擦冥想：我是否也曾經遺失橡皮擦呢？

是的，橡皮擦也曾經從我的手中消失，從開始寫字起，不知道用了多少橡皮擦，也不知道丟了多少橡皮擦，更不知道這些橡皮擦的下場究竟是如何，牠們一定對我恨之入骨。

老師常說：「要管別人前，先管好自己。」我得從自己開始改變，改變對橡皮擦的態度，最後改變別人，讓橡皮擦的失蹤率別再直線飆高，而是緩慢下降。

首先給父母的建議，規定孩子的橡皮擦只能用零用錢買，別再盲目聽從孩子的指揮，不見了就買，地球可沒有這麼多資源呀！其次是孩子的心態必須有所改變，橡皮擦不是垃圾，隨手就丟，丟了再買，買了繼續丟，這樣的惡性循環如果持續下去，後果不堪設想，這正是學校應該進行教學的生活常規呀！

希望以後能夠當個小學課本的編輯，將這項不受重視的重要課程編進教材裡，讓孩子們知道橡皮擦是金錢買來的，金錢是父母辛苦工作賺來的，我們應該珍惜這份父母的愛，這麼一來，垃圾桶便不會再是橡皮擦的葬身地，它會跟著我們直到壽命的盡頭，微笑得功成身退。

小小一粒的幸福

大勇國小　洪子琪

時間在改變，人的喜好也在改變，以前不敢、討厭吃的食物，現在卻成了最喜歡吃的食物，以我來說「梅子」就是一個明顯的例子。

從以前到現在，阿嬤家的桌上從來不會缺少的食物就是阿嬤自己醃的「梅子」，那種梅子，不是像外面賣的脆梅，而是泡在梅子汁裡軟的梅子。那種梅子雖然也是用糖去醃的，卻不是甜的，而是酸的，味道很特殊，香味也很濃郁。

那一次，阿姨又要醃梅子時，我因為好奇所以跑去看阿姨做，看了之後我才發現原來做梅子要經過那麼多道手續。首先要將所有梅子的蒂頭先一一拔掉，我覺得有趣，於是便幫忙做。那時的梅子是新鮮的、硬的、綠色的，還不是我們吃的咖啡色、軟的。

接著，當所有的梅子都處理完後，要將梅子放到塑膠箱子裡，然後一層一層鋪上冰糖再蓋起來。等所有的糖都融化了，梅子汁也都出來了，再把梅子全部換到罐子裡封好，然後就放著。過一段日子，梅子就會變軟，變成咖啡色的就可以吃了。光是前面處理的過程，就要花上幾個星期才能完成，是相當費時的。

因為那次我有參與製作過程，所以當梅子可以吃時，我也拿了一顆來試試，一吃下去，梅子汁濃郁的味道在我嘴中擴散開來，雖然很酸，但也有點梅子的香味，果肉雖然軟，卻也有一點彈性，跟我印象中的感覺完全相反，好吃極了，令我回味無窮。

不知道是因為我有參與製作過程，所以覺得好吃，還是因為時間的改變使我的喜好也變了。但我想主要的原因是因為我有參與過程，了解阿姨的辛苦，吃的時候心裡才會有種幸福的滋味吧！

世界的關卡

新平國小　潘祈宏

在廣大的宇宙中，充滿了人類未知的謎題，可是卻被人們一個一個的解開。

就在遠古時代，甚至是更久之前的舊時代，人們連起火都不懂，更別說我們熟悉的汽車、飛機。他們走路，我們坐車；他們用石器，我們用鐵器；他們吃生菜，我們吃火鍋，看看這世界的變化有多少。

世界就像一個闖關遊戲，一關一關要我們去解開，破不了關的生物將會被淘汰，想一想寒武紀的三葉蟲、中生代的恐龍，雖然是那時代的主宰者，但也因過不了關而被淘汰，再想想二疊紀的鯊魚，從二疊紀經過了三疊紀、侏儸紀、白堊紀（中生代）、第三世、第四世、更新世（新生代），他們一一破解了世界所設下的關卡，成為我們現在所說的「活化石」。

在現代，一般的家庭都會有電視、電腦、汽車、機車，如果哪一天沒了電腦、沒了汽車……，正常人一定都會受不了的，對，這是一定的。

在世界的某個地方，有許多的生物正一點一滴的消失，就是因為跟不上地球的腳步，或者應該講說，是跟不上人類的腳步。

人類，為了使自己能跟上世界的腳步，不惜犧牲其他的物種，十分的可惡，這跟惡魔有什麼不一樣？在這十幾年來，人類不停的產生二氧化碳，不斷的破壞臭氧層，二氧化碳會儲蓄熱能，產生溫室效應，又過度的砍伐樹木，樹木可以吸收二氧化碳產生氧氣。身為人類的一份子，一定要明白生物間相互依存的道理，才能與其他生物，共同解開世界的關卡。

疤痕

忠孝國小　呂世庭

我平時在學校、家裡生活中，往往會因為各種傷口而留下許多的疤痕。雖然外在的疤痕曾讓我痛不欲生，但這次「長」在內心的疤，卻在我的圍棋路程上，留下說不出的痛。

在經歷了炎炎夏日的磨練，我才剛下定決心要開始鑽研圍棋而已，卻剛好開學，這讓我有點無法接受事實，但為了圍棋比賽，只好忍痛犧牲自己玩樂、自由自在的時間，努力研究圍棋的各種下法，也唯有這樣，才能在比賽時有無與倫比的優異表現。

到了比賽當天，早已重裝準備、枕戈待旦的我，信心滿滿的到達內湖自由時報廣場。高手們下棋的場地果然富麗堂皇，一盞盞燈打在眼前的棋具上，就連棋子也光亮如新，讓我有點承不住壓力。平時下棋勢如破竹的我，沒想到一開始就被當作「肉腳」連輸了兩場，真令我感到萬念俱灰！之後，我便失去了信心，最終以兩勝三敗結束了比賽。

這是個多麼令人感到敗挫的事實，在這段心灰意冷的日子裡，我幾乎失去了對「棋」的信心。在棋社下棋時，感覺棋子變得不聽話，像跳蚤一樣的跳來跳去，也像螞蟻般的鑽來鑽去，更像無頭蒼蠅似的飛來飛去。棋子彷彿塗了麵粉一般不聽使喚的落在棋盤上，使得我的對奕成績一落千丈，令我難過極了。

不僅如此，連在網路上和全世界切磋棋藝的勝率，也從百分之五十降到可說是微乎其微！這也讓我的棋力降低了一段，這樣的傷口，怎會不痛苦呢？

到現在，我仍舊還沒找到可以治療這心靈萎頓的藥品。但我相信，心中有疤痕絕不是個壞事，雖然痛、雖然苦，但這道如影隨形的疤痕，不就是我向上攀爬的動力嗎？

鞋子般的情誼

忠孝國小　葉渝文

鞋子是每天出門的必備品，而且它們總是成雙成對、形影不離的，多一隻都不合適，就像朋友般的相互依靠著。

鞋子就像是朋友般的互相依賴、依靠著彼此，它可以靜靜的聽著自己的訴苦，不插話、也不亂動，陪著自己經歷著風吹雨打、日曬雨淋，任何開心、傷心，或是遇到困難的時刻，他總是不埋怨的待在自己的身旁，朋友不也就是如此嗎？遇到開心的事時，陪你一起快樂著；遇到傷心的事時，陪你一起掉眼淚；遇到困難的事，陪你一起解決問題，互相一起打氣。

鞋子就像是保護自己的一道牆，它盡責的執行自己的工作，保護著腳，避免他們受到無情的攻擊，不讓自己感受到一絲絲的不舒服或痛苦，寧可自己受到痛楚，朋友不也就是如此嗎？在你被別人指責時，出來安慰你；在你被別人誣賴時，挺身出來為你洗去冤屈；在你被別人嘲笑時，為你抱不平。

鞋子就像是一件厚重的大衣，他不會讓你感受到沉重、壓力，反而帶給你溫暖，默默的幫助自己，不讓你感受到外面強勁的冷風、雨滴的無情，把自己全身包得緊緊的，但卻不會讓你喘不過氣來，朋友不也就是如此嗎？在你生日時，送你一張生日卡片，沒有很大的驚喜，但是可以感受到他的誠意，在你一個人孤單做值日生時，陪你一起擦黑板、掃地，不會幫你做，但是至少不會讓自己感到寂寞；在你受傷時，緊張的帶你去健康中心，雖然我沒有說聲謝謝，但是心裡其實很溫馨。

在自己的身旁，有沒有像鞋子般不起眼的朋友，在身邊默默的關心你，而你卻不曾注意到、感受到他們呢？

午夜的聲音

大勇國小　洪子琪

「滴——滴、滴、滴滴滴滴」那時，我不想再忍了，任由眼淚從眼眶中飛奔出去，一滴滴的落在考卷上，像傾盆大雨般的淚水，眼看就要浸溼整張紙了，眼淚卻還是停不下來。

為什麼我要在半夜裡寫著功課，為什麼我要拒絕周公的邀約，一個人努力的寫著功課，到底為什麼我要如此的辛苦呢？好想跟媽媽說我不要補習了，只要說出這句話，一切就結束了。「那你當初到底是為了什麼，決定要去補習的呢？」心中突然浮現了這句話；「現在在做的事情不就是為了目標在努力嗎？過程也許會很辛苦，但是只要努力，就會嘗到甜美的果實，所以要不要再想清楚一點再做決定？」

剛開學時，因為我想考上衛道中學，所以決定去補習，可是開始上課後，我才發現他們的功課很多又很難，壓得我快喘不過氣來，每次都到上課前一天晚上才把功課寫完。雖然是這樣，可是當初是自己主動說要去補習的，怎麼可以說不去就不去呢？這樣我也無法對自己的決定負責，我到底應該怎麼做才對呢？要堅持下去，還是要放棄？如果堅持下去，就會一直那麼辛苦；但是如果放棄，就很難達到自己的目標。

想到這裡，我決定對自己決定的事情負責，我要堅持下去，絕不半途而廢，雖然這個決定可能會讓我很辛苦，但是我相信只要我努力不懈，一定會達到我的目標，所以我將眼淚擦乾，停止了午夜傷心的聲音，朝著目標，努力前進。

午夜的聲音

大勇國小　游惠文

在回家的路上，路燈射出微微的燈光，將一旁的黑暗吞噬，讓夜晚不再黑暗。我一步一步的向前踏著地上黑黝黝的柏油，達！達！寧靜將腳步聲放大，而我並不喜歡這腳步聲，反而更喜歡在柔軟土地上的無聲。

在柏油路上踏著，我總是覺得，路這麼平，走起來又有怎麼好玩的？在泥土地的那凹凸不平的路上踩踏才好玩吧！就像是人生，人生的路很平，走起來不怕被傷害，就算閉著眼睛走也不會被絆倒，豈不是令人感到乏味？反觀人生只要充滿磨練，就會充滿著樂趣，或許還會期待下一次的磨練、下一次的成長呢！

在人生之路上前進雖然困難，也充滿著危機，但是危機卻能更使我們茁壯。甜美的果實並不是一日能長成，在甜美果實的背後往往有付出、有汗水，一層一層的累積建造。

想要擁有成就與財富，並不是一蹴可幾的，要努力的向上爬，就像爬到了最頂端，也還要擔心站不站得住腳步。這路不好走，但是我們一定要走這條路，不管前方是什麼、有什麼，或許過了這關，成功就在眼前，所以不能放棄，放棄了就什麼都沒有了。

夜已深，一陣冷風吹來，我抖了一下，就突然覺得我剛剛所想的人生大道理，還真的滿有道理的，我甩甩頭，不想再去想那些道理，帶著輕快的腳步達達的走過柏油路，雖然依舊是那清亮的腳步聲，但這次我的感覺不一樣，好像我正走向一條光明的人生之路。

假球風暴

新平國小　邵筱芸

「元老級球隊——兄弟象隊日前傳出有數名球員疑似打假球，涉案人數已經高達一半，令許多球迷對棒球的熱情及信心大幅降低。」

電視傳來主播甜美的聲音，但是從她甜甜的嗓音所念出來的每一個字，卻像弓箭一樣深深的刺進我的心坎裡，「啊！什麼，兄弟象居然有球員打假球！」我的內心不斷重複的想著。

想當時，因為一次偶然的機會，而踏進了球場看球賽。第一次看球賽，我的目光就被一群身穿黃色戰袍，上頭還寫著「兄弟」兩個字的球員給深深的吸引著，更讓我著迷的是，他們無人能敵的攻守防線，以及努力不懈、奮鬥到底的決戰精神，也因為如此，我成了忠實的「象迷」雖然還不是資深球迷，但我知道的可不少，就連他們的相關商品，我都可以放滿一整個衣櫥了呢！但是最近有越來越多的球員承認打假球，而慘遭球隊開除，而且永遠不能再踏入職棒圈。

在這些球隊裡，有些人還擁有大好的前途在等著他們，只為了一棵樹木，就放棄了整座森林，只因為「貪心」就可能拖垮整支球隊的戰績，也會打垮多年努力的城堡，更會增加國人對棒球的質疑，也擊倒了所有人對棒球的信心及熱情，實在是太可惡了，只想過要一步登天、投機取巧，到頭來還不是一場空？

想到這裡，我想現在也只能對那些球員說兩個字了，那就是「珍惜」這道理很簡單，但能不能用心體會就很難說了。盼望他們不僅要「珍惜」努力所得來的光榮，也要「珍惜」家人一起為了他們的前途，所用心做的一切，更要「珍惜」眼前的一切，不要因為「貪」而讓光明的前途化為烏有。

文字不見了

新平國小　蔡昀潔

許多人都不喜歡寫字，說到寫字，厭惡、排斥都一一浮現在臉上，但是如果有一天，文字消失了，所有人變成啞巴，走在哪一條路都不知道，拿著筆在紙上反覆的書寫，但紙張依舊潔白乾淨，那時才想挽救，是否還來得及把文字叫回來呢？

我常常想著，如果沒有文字，我不用寫作業，也不用補習，更不用做任何事，每天遊手好閒，行程表是一張白紙，哪該有多好？只要想到什麼就做什麼，今天只要在家裡睡覺，明天要去公園散步，後天要來台中走透透……但是，過一個禮拜這種日子，很新鮮；過一個月這種日子，還不錯；過半年這種日子，勉勉強強；直到過了一年，終於忍受不了無趣的日子；沒有文字真的好嗎？

其實，文字對我們的幫助很大，有了文字，我們可以閱讀並增加知識；有了文字，我們也可以看新聞並增廣見聞；有了文字，我們還可以上學並充實自我；有了文字，我們更可以娛樂休閒並紓解壓力；文字真的這麼令人憎恨？我想如果文字真的從地球上消失，那麼世界會大亂，許多令人嘔心瀝血的成就都化為烏有，中國五千年以來的優美詩詞就無法流傳千古，所以文字的重要性是不言可喻的。

或許，我們應該改變對文字的感受，他為了我們乘著時光機在各個時代奔走，就是為了讓我們了解古人的智慧，因此，不可拋棄文字，才能成為真正有學問、有涵養的人。

鏡子

忠信國小　顏晨皓

鏡子在我們的生活中是個非常方便的工具，它可以幫我們打理自己，可以看見自己所有的優點和缺點；但是如果沒有了鏡子，我們會怎樣呢？可能無法看見真正的自己，無法打理自己的服裝儀容，讓我們看起來非常的邋遢，由此可見，鏡子在我們的生活中扮演了一個多麼重要的角色呀！

朋友對我們來說就像一面不可或缺的鏡子，當我們服裝儀容不整齊時，這面鏡子就會立刻告訴我哪裡做錯了，並且會幫助我改正；當我表現出自己優點的時候，這面鏡子便會立刻發出讚美，讓自己更有信心，朋友就像一面在我們生活中不可少的鏡子呀！

在我的心中也同樣有一面鏡子，時時刻刻提醒著我，每天都應該自我反省，雖然我有時會忘記反省，但在我身邊和內心的鏡子，也還是會不時的提醒我要反省今天的自己，改進今天的自己，才會比昨天的自己更進一步。在我心中的鏡子也不斷的教我怎麼和別人相處，怎麼表現出最真實、最自然的自己，來增進人際關係，讓自己的生活更美好。

「鏡子呀！鏡子呀！你真是我人生中的好助手，不吝嗇的告訴我所有的優點和缺點，讓我一天比一天進步，在未來的人生旅途中，希望你能一直幫助我，一直陪在我的身邊。」這句是我想要對鏡子表達感恩和希望的話了。

反省是一面鏡子

新平國小　潘祈宏

錯誤就像墨水一樣，它會把別人對你的信任，一滴一滴的擴散、染黑；錯誤就像掃把一樣，它會把大家對你的支持，一掃而空；錯誤就像貨車一樣，把所有人對你的讚美，一趟一趟的全部載走。

有一次我在學校，因為跟同學起衝突，使我要和父母親跟對方家長道歉，事後，老師就一直把我當成麻煩人物，就算跟我一點都沒關係的事，也把我拉進去。正當我不知所措時，媽媽拿出了一面鏡子，要我自我反省。寒假結束開學後，我改了很多，讓老師對我刮目相看，不再找我麻煩了。

往後，跟同學吵架時，我會拿起心中的鏡子，提醒我自己不要衝動，要心平氣和，上課時也認真上課，老師更漸漸對我改觀。

改變我的這面鏡子，是媽媽跟我講的一句話：「在人生中，成績是其次，品行好才是最好的。」這句話到現在還深深的烙印在我心中。

就算我已經有所改過，我還是要再努力，時時刻刻拿起這面鏡子，隨時警惕自己：品行才是最重要的。

預知的能力

忠信國小　顏晨皓

春天來了誰知道？是大樹、小草，還是報春花、動物，難道他們都有預知的能力嗎？如果大家都有了預知能力，那小學生考試每一次不都可以得一百分嗎？買樂透的人不就也可以百買百中了嗎？

往好的方面想，最近地球不斷出現許多大災難，如果大家都有了預知的能力，不就可以知道災難什麼時候會來，我們也才可以提早做好準備，也才能減少災難所帶來的傷害。而如果小學生有預知能力的話，他們也就可以先知道題目，每次考試也都可以考一百分，回家也就不會因為考試考得不好，被家長罵得狗血淋頭。

但往壞的方面想，如果大家都有預知能力，每個人不都可以知道人生接下來會有什麼困難，而無法靠自己的力量去克服，也就無法磨練自己，讓自己一天比一天更進步。考試如果每次都可以知道題目，而讓自己每次都考一百分，那就無法測出自己真正的優點和缺點在哪裡，也就無法在改進中讓自己成長。

如果我有了預知能力的話，我一定不會把它用在考試作弊，或是做一些偷雞摸狗的事情上，我一定會把預知能力用在幫助別人，或是做正當的事情上，因為如果把預知能力用在壞的事情上的話，等於是在浪費生命；如果把預知能力用在對的地方上，就是在充實自己的生命，如果我真的擁有預知能力的話，我一定話把這份能力發揮到極致。

春天來了誰知道，是報春花，它雖然擁有預知能力，但是我相信，它絕對不會用在壞事上的，我現在真的好希望有人能告訴我，有預知能力到底是好還是不好？

木星的未來

忠信國小　許育愷

當我第一次在書中看到木星時，沒想到竟然和我想像中的完全不一樣，因為想像中的木星的表面是土色的，有著深淺不一的線條在它的身上，但是在書中看到的則是一顆散發出鑽石般華麗光芒的美麗星球。

書中的木星是非常的閃亮，因此讓我覺得這顆行星上的東西，可能都是鑽石做的，說不定這顆星球上也有著比我們還要更厲害的文明存在著。

如果我們真的有一天發明一種只要幾天就能夠到達木星的交通工具，說不定真的就和我所想的一樣，有著比我們更進步的外星文明，但是如果木星上什麼都沒有，沒有鑽石、也沒有高科技的外星文明，而是成為我們下一個居住的星球，那真是太棒了！

但是為什麼我們會面臨被迫遷離地球的危機呢？其實就是因為地球暖化的關係，因此讓我們面臨了如此重大的災難，可是地球會暖化，也都是我們所造成的，如果地球再這樣子下去，可能我們的後代子孫就只有搭乘著太空船在廣大的宇宙中漫遊的份了。不然就是等待一個適合我們居住的星球吧！

如果木星就是符合我們所居住的條件，而且又還有外星生物在那裡居住，說不定還能夠成為科學界的一大發現。當然如果木星上什麼都沒有，而是存在著像遠古時代的地球，充滿著令人匪夷所思巨大的奇妙生物，那也是很令人驚奇的！

總之，如果我們不好好的保護地球，那我們就只能夠慢慢得等待有人發明能夠快速在宇宙中行駛的工具了，不然就期待木星是一顆適合我們居住的星球吧！

衝破困境　迎向夢想

新平國小　劉惠昕

「啪答答！啪答答！」每天在夜裡拚命讀書時，只有魚缸裡的小魚拍動尾鰭的聲音，才能讓我在這令人毫無希望的黑夜中，燃起導向目標的導火線，帶給我向上衝的力量。

一天夜裡，我看著書本，頓時覺得沮喪，「為什麼我總是學不會」我既生氣又難過的走出書房。突然一聲「啪答」我往魚缸一看，發現這些小魚似乎想要做一件令人驚訝的大事。他們努力的擺動尾鰭，希望可以衝出這個把牠們框住的小方形，往更廣闊的大洋衝去，就算用盡了全身的力氣，也要衝破魚缸。

我從來沒有想過，連小小的魚都有自己的夢想，而且還非常、非常、非常努力的達成。我不禁問自己，我的夢想到底是什麼？有沒有努力，像魚兒們一樣，不畏風雨、竭盡心力，朝著標竿直跑？想著想著，認為自己的想法太悲觀了，我憑什麼放棄夢想？快快去念書吧！

身旁的人們，總是有許多夢想，但是很少人可以堅持到最後一刻，看看魚缸裡的魚兒吧！學習牠們，有夢想；學習牠們，努力做；學習牠們，永不畏懼。

「啪答、啪答、啪答答！」這聲音至今仍是我夜裡最好的夥伴、最好的支撐力，總能讓我像魚兒一樣，努力衝出魚缸達成夢想。

橋

新平國小　蔡昀潔

橋，連接了兩個不同的地方；橋，也連接了兩個人的友誼；橋，更連接了兩個人的心靈最深處，使彼此溝通順暢。

每個地方都得擁有一座橋，不管跨越河水的橋，還是與其他國家貿易的橋，都是不可或缺的，如果一個國家沒有這些橋，他們沒有方法和外地聯絡，慢慢成了地球村中的孤島，因此，人們需要橋樑來連結兩地，和其他國人來往。

每個人的心裡也都有一座橋，這座橋是「友誼之橋」，友情通過這座橋和對方分享情緒，把自己的喜與人分享；怒與人共解；哀與人哭訴；樂散發至世界各地，讓世界充滿歡笑，這時「友誼之橋」將隨著人們國際化，拓展到世界各國，形成一座無形的大橋，每個人都能看到、聽到、感覺到許多人正在為地球做事。

國際化的大橋到了現代，已經成了無遠弗屆的網際網路，大家利用網路進行跨國界的溝通，這時橋已經進到了人心靈的深處，大家的溝通更為頻繁，橋上已擠滿了人群，人群開放了自己的心胸，用內心說話，了解對方，這正是現代人溝通的方式與管道。

曾經聽過一個故事：英國一家資訊公司正在徵選新人，這些應徵者通過一個個關卡，最後，公司的老闆將親自和他們面試。老闆考的不是專業問題，而是一個有趣的問題：「從英國到埃及最近的路是什麼？」所有五花八門的答案都出現在面試會場上，而一位年輕人卻回答：「交一位埃及朋友。」第二天，他錄取了。可見友誼是連接兩地最好的一座橋。

橋不只幫助我們與外地聯繫，還讓人們學會彼此親切的溝通，我們這些即將踏上國際大橋的小學生，該認識的就是朋友了。

窗戶

大勇國小　洪子琪

生活中，我們無時無刻都和窗戶生活在一起，不管是房間裡、教室裡，都一定會有窗戶的存在。

如果沒有窗戶，不管白天或黑夜，在房子裡都必須開著燈才有辦法看得很清楚，如果沒有窗戶，就無法知道今天的天氣如何，是陰天還是晴天，是冷還是熱，如果沒有窗戶，房子裡就無法通風，變得悶熱，而陽光也無法照進來，所以我們的生活是無法缺少窗戶的。

而不只是生活中，我們的心中，也同樣需要有一扇窗戶，讓陽光透過窗戶照亮我們的心。如果一個人的心中沒有窗戶，他看到、想到的事情，都可能是悲觀、傷心的，心情也就不會很好；相反的，如果一個人的心中存在著一扇窗，不管發生什麼事，他的想法都會是樂觀、開心的，心情和生活也都會很好。

以前我們班上有一個同學，他很少笑，表情看起來也都很悲傷，而他做什麼事情都會說：「如果失敗了怎麼辦？」或「這件事一定不會成功。」大家都覺得他很奇怪，久而久之，也都沒有人想和他當朋友。老師看到這種情形，便告訴我們說：「因為他們家以前發生了一些事，使他的想法變得很悲觀，也都將自己的內心封閉起來。所以我們應該為他開啟一扇窗戶，讓陽光照亮他的心，幫助他、開導他，我相信他一定可以改變的！」後來我們照著老師的話去做，那位同學果然變得開朗，臉上也多了笑容，更和班上的人成為好朋友。

不管在生活中或者在心中，只要有一扇窗戶存在，一定可以使心情更好、更開心。如果有人總是將自己封閉起來，那我們是不是可以為那個人開啟一扇窗，使別人的生活變得更美好，也使自己的心裡感到更快樂。

鏡子

中正國小　魏奕惠

家中那面橢圓的鏡子，高高的的掛在牆上。

鏡子，是女生需要的東西，每當姐姐要出門時，總會照一下店中的大鏡子，把頭髮梳好、撥好，才不會被別人笑歐巴桑。爸爸要出門前，也總是會看一下靖子，把皺皺的衣服撥好，才不會感覺太隨性。媽媽呢？不用說，一定也會，她會一直撥頭髮，但是，總會怪怪的。

鏡子，會隨著歲月漸漸模糊。有篇文章是這樣寫的，標題是媽媽的鏡子，敘述媽媽年輕時是多麼喜愛照鏡子，但是，時光飛逝，鏡子旁的水銀脫落了，媽媽也走了，作者再走進屋來，看不到媽媽的身影，再回頭看那面鏡子，他看不清它，只因淚水盈眶。雖然鏡子沒有生命，但也會隨著生命的足跡，賦予它不同的力量。

鏡子會反射，但它放在自己面前，反射回來的倒影，竟是好朋友的微笑。鏡子能照到好朋友的外型，也能照到內在，她的外型，是充滿快樂的活力女孩，而內在，擁有一顆純真、善良的心。他常常跟我說：「如果心沒有黑暗，外表就永遠是光明的，但如果內心是黑暗的，外表也永遠沒有光明。」我這才領悟到，不只可以從鏡子裡認識自己，也可以用快樂來證明自己，證明自己的快樂。

鏡子，可以讓我們交朋友、認識朋友，因為如果在肚子裡裝一面反射力很強的鏡子，這樣一來，不但可以照亮周遭很多不認識的朋友，也可以藉由這個機會來認識他們。

鏡子，讓我們認識彼此，讓我們了解對方，它的功用，讓我們更進一步體會到，鏡子在我們人生中真正的價值。

沒有數學的日子

大勇國小　洪子琪

我不討厭上國語、自然、台語、英文課，喜歡上社會、電腦、體育課，更喜歡上音樂課。不管什麼科目我都不討厭，但是唯有數學，我就是跟它過不去，恨不得它從世界上消失。

雖然我各科的成績都還不錯，數學也是如此，但是不知道為什麼，我就是很排斥數學，很討厭算數學。偏偏，我三、四年級的老師又很喜歡上數學課，彈性課都用來教數學，還印了很多的考卷，所有的補充考卷疊起來，大概有一個人那麼高。好幾次，我算數學算到覺得自己快要崩潰，腦袋快要爆開了，心情也很不好。

媽媽常說：「我很喜歡數學，因為如果破解了很難的題目，心裡就會很有成就感，而且如果少了數學，真的會天下大亂的。」難道真的像媽媽說的，少了數學會天下大亂嗎？

少了數學，就沒有辦法計算金錢，公司就不會賺錢，人民也會算不清楚收入；少了數學，就無法計算成績，名次也無法排行出來；少了數學，就不能計算物體的數量、體積、長度等，少了數學，就真的會天下大亂，可見，數學對生活真的很重要，是生活中不可或缺的角色。

雖然我很討厭數學，但是我卻沒想到其實我們日常生活中，有很多東西都和數學有關，少了它，我們就無法正常的過日子。所以與其排斥數學，不如換個角度想，學著去喜歡它，這樣生活也可以過得更快樂。

砰！車禍發生了

忠信國小　劉曉頤

砰！一場車禍發生了，當時我兩眼盯著十字路口的地方，看見了一個人躺在地上，這時我知道他被撞到了。

那天我跟媽媽一起去逛夜市，看見有一台車闖紅燈，正巧撞到了路邊的行人，我跟媽媽都目瞪口呆的看著車禍現場，過了許久，有三台救護車來到了現場，他們把重傷的路人抬進救護車裡，至於那個闖紅燈的人，就被警察帶到警察局裡去了。

當我看著車禍現場的時候，我心想：如果是我們被撞到的話，那該怎麼辦？我覺得為什麼那些開車的人總是要闖紅燈呢？如果我們大家都不闖紅燈的話，不就可以減少車禍的次數了嗎？

警察來到現場的時候，有問我們剛才發生的事件是怎麼回事，才好讓他們判斷，警察問我的時候，我還是驚嚇得站在那裡，不知道要說什麼。

我們從夜市回到家之後，媽媽就對我們說：「以後你們開車的時候，看到了黃燈絕不要急著衝出去；還有當要過馬路的時候，一定要左看右看才能走，不然很有可能就會出車禍。」我很用心的聽著媽媽的叮嚀，心中升起無限的感慨。

其實這場車禍只要開車的人不要闖紅燈，就不會發生了，我覺得如果要闖紅燈的話，就要罰非常多的錢，這樣他們下次就不敢再犯了，不然又會再傷害到一些無辜的路人。

是！是！是！

新平國小　潘祈宏

每當父母在責罵我時，我都會不耐煩的回答是，可是卻達不到真正改善的效果，導致父母親一而再，再而三的講，這不就是不孝順嗎？

這麼多人講了那麼多孝順，到底什麼是孝順呢？那就是聽父母親的話，但是，過與不及都是不好的，過就是愚孝，不及就是不孝，都是不好的，凡事都要剛好，不要過與不及，才是好的。

可是為什麼要孝順呢？因為父母親辛苦的養我們長大，為我們付出了一切，孝順是應該的。每次我考不好時，媽媽總是會在旁邊一直念，我都覺得很煩，我總是想，這些我都知道，為什麼要一直念呢？

其實，換一個方式想，媽媽一定是為了我著想，我不應該不耐煩才對，所以下次媽媽再念我時，我要好好的聽，用心的去改。

我知道，我在其他方面也有這樣的情形，我一定也要用心改正，不再讓媽媽念，這樣不僅我不覺得煩，媽媽也少了一件事擔心，真是一舉兩得呀！

這就是生活

陳家鳥園

大勇國小　陳政瑜

鳥類就像是我們家的一份子，我們家有著各式各樣的鳥，有麻雀、鸚鵡、五色鳥……。

前幾年我們全家去溪邊玩時，突然發現了一隻綠繡眼，全身無力的倒在地上，我們一開始還以為是一隻假鳥，就把牠抓了起來，輕輕的摸，想不到牠突然叫了一聲。我們帶著牠在回家的路上看見了一家名叫陳家鳥園的鳥店，我們就進去問了這種鳥要吃什麼，接著我們就買了籠子、飼料，之後我們把食物倒進籠子裡，再把牠放進去，我們看到牠吃得非常快。

後來我們每天都會把牠放出來玩，甚至連睡覺都在我們身邊。有一次我們把牠帶出來陪我們睡覺，通常我入睡時牠都會自己飛回籠子裡，可是那天我們睡得正熟，就無意間把牠壓死了。當我們全家知道這件事時，我們都很後悔、傷心難過，所以我們就決定再去買一隻鳥回來代替牠的位置。之後就陸陸續續的引進了幾十隻鳥，現在我們家都已經成為了鸚鵡繁殖場了。

最近因為私中的考試開始了，有一天早上我去考嶺東，考完試之後，我走回到家，媽媽很開心的跟我說，有一隻小鸚鵡飛進來家裡找我們家的鳥，之後媽媽趁我不在家時，她拿去換了一隻「胡錦」，也就是五色鳥，因為牠是撿來換的，所以就把牠叫作阿撿，我們全家把牠當成我們的兒子來照顧，要跟牠互動，還要每隔三小時餵一次飼料，甚至還要哄牠入睡，更要帶牠去公園玩。

上上星期二時，有一位認識的大哥哥抓了一隻藍色頭髮的吸蜜鸚鵡來我們家，牠才出生差不多一個月，就已經十幾公分長了，而且當我們在餵牠時，牠還在大哥身上、臉上上了大號，讓我們全家笑得整棟大樓都聽得到。而且聽說牠能長到二十到三十公分長。

真希望能把每一種鳥類都養過，之後換我們家來做「陳家鳥園」。

那時的我，好快樂

大同國小　黃筱淇

我最快樂的一件事，便是到清境農場玩。

一大早，看著車窗外蔚藍的天空，我的心跳「噗通噗通」的加速了，到了清境農場，我走到柵欄旁，拿著飼料快樂的餵著小綿羊，那時的我，好快樂。

我踏著輕快的步伐迎向大自然，滿山遍野的小草，在風中向我招手，路旁的小羊兒用牠那宏亮的叫聲歡迎我，我將手中的乾草遞給牠，並摸摸牠的頭，我又再次聽到那宏亮的答謝聲，那時的我，好快樂。

走進廣場，表演開始了，我們坐了下來，農場主人與我們打招呼，坐在馬背上的他，真令我崇拜。他開始用哨音和他的牧羊犬對話，大批的綿羊越過小橋，走進場地，再從我們的面前經過，當時的景象就彷彿大批軍隊經過般，整整齊齊，真是特別啊！羊群走光後，精彩的節目開始了——剃羊毛。看著大家雀躍不已的神情，那時的我，好快樂。

他們找來了一隻即將要被脫光衣服的可憐小羊，農場主人示範使用以前的剃毛工具來剃羊毛，但是手動的羊毛剪既不省時，又費力，無法應付為上百隻羊兒剃毛的工作量，如今取而代之的是電動羊毛剪，凡是「它」走過的地方無不清潔溜溜，三兩下，這隻身穿棉襖的小羊，馬上就只剩下了光溜溜的身子，而那些剪下來的羊毛呢？農場主人將「它」撒向觀眾席，阿姨拿到了羊毛，將「它」給了媽媽，雖然那些羊毛散發著濃濃的羊騷味，但是，我笑了，大家也跟著笑了，那時的我，好快樂。

回到了學校，我和同學們分享我的快樂，我拿出從清境農場帶回來的羊乳餅分給了大家，讓大家一起感受那股快樂的感覺，我了解到分享的快樂，原來，出去玩的快樂，加上分享的喜悅，快樂竟然會加倍。

我拿出相簿，和媽媽一起翻閱著當時的照片，重溫那種快樂，我彷彿感受到，我的太陽出現了，我的大草原回來了，那時的我，好快樂。

新書包，真好

大勇國小　鄭貴尹

「啪」書包一邊的繩子斷掉了，我告訴媽媽之後，媽媽就答應我，在考試之後的美好時光——寒假，就帶我去書局買新書包。

「終於放寒假了！」我把煩惱丟到一邊，找回快樂的心情，準備度過寒假，但是我卻沒忘記一件事——買新書包。雖然媽媽常常東忘西忘，可是這次卻牢牢的記在心裡。隔天一早，媽媽帶我到百貨公司裡，一到賣文具的樓層，首先映入眼簾的就是各式各樣、五花八門的，書包。我看呀看，每個書包都讓我眼睛一亮，最後我躊躇了很久，決定買下那個，身穿華麗的粉色洋裝，綴著亮采的亮片，還有米妮圖案的小公主書包。

買了新的書包，一路上心情非常愉快，但是心中一瞬間閃過一個影像，就是舊書包在哭泣，跟著我三年的舊書包，像是忠誠的士兵，如今即將要被遺棄，我的心裡有點過意不去，所以我把它修補好後，捐贈給慈善基金會，畢竟，世上有許多比我更需要書包的人。

新書包讓我每天時時刻刻都在想它，我不停的想像，我的背上背著那美麗的書包，一定會非常相配的。當開學的那一天到來，我背著新書包走在路上時，卻沒有一雙眼睛是在看著我，更沒有人探問我的新書包。我的心裡不停的冒出許多問題「我的新書包不好看嗎？」「我跟新書包不配嗎？」我的心情頓時從興奮的山頂跌落山谷。後來我才知道，原來是很多人也都買了新書包，所以才沒有羨慕的眼光，此時我的心情又頓時從失望升回到空中。

新書包的來臨，讓我一次嘗盡了喜、怒、哀、樂的心情。如今新書包也已經跟著我一年了，但是我相信之前那個舊書包，現在已經找到新主人了。希望下次，我也能再嘗一次這樣的滋味，因為有新書包的感覺，真好。

發亮的甜甜

中正國小　魏奕惠

那一口甜味，直到現在，還在嘴裡。

小時候，每次一放學，第一件事就是丟下書包去便利超商。一進去，我彷彿看到了滿間的巧克力，在我腦子裡盤旋，看到那裡面裝著軟糖的巧克力球，不禁讓我的眼睛微微的發亮。一打開，一粒粒的小巧克力球，就像樂譜上的小豆芽一樣，小巧可愛，嘗起來更不用說，那甜甜的味道，讓我幸福，也讓我快樂。

那種巧克力，讓我覺得它是我人生中唯一的甜味。那唯一的甜味，使我的人際關係甜甜的，也讓我因為分享而交到許多甜甜的朋友。那些朋友，有著一顆甜甜的心，單純、純真、真誠，那些心，足以填補我心中甜甜的空缺。

雖然那些巧克力的外表不怎麼好看，但是，我不會排斥它，只因為覺得它想要滿足我們心中甜甜的空缺。它能讓我們心灰意冷時，又擁有新的熱情活力，在我們的肚子裡，幫我們加油打氣，幫我們補充能量。

反過來，巧克力也不會因為我們太想吃它，而在盒子裡挖個洞偷偷溜走，他很慷慨的使我們填飽下午的時間，讓我邊喝甜甜的果汁，邊吃甜甜的巧克力。

甜味，會使我快樂，那種快樂想不到，只吃得到，好吃到即使我不在台中時，只要有超商，就會忍不住的買下來，等不及再次嘗到那種甜甜的味道。

如今，那種味道仍使我無法忘懷，依然在我嘴裡徘徊，它那種迷人的香味，看到它，眼睛依然會發亮。

天神的佳膳

忠孝國小　黃冠鈞

今年，我在外婆家所吃的年菜，可說是令我永生難忘。

在大年初二時，我們全家陪媽媽回娘家，一進大門立刻香味撲鼻，我當場愣著了，心想：今年的年菜竟是如此的香，絕對是我過去沒有聞過的。一回神我立即飛也似的衝了進去。

進了飯廳，真的是不得了，我立刻夾了菜頭粿，看那炸得金黃的外皮，讓我忍不住垂涎三尺，再聞聞搖曳在它周圍的香氣，使得我神魂顛倒。當我吃進第一口時，世界彷彿為我暫停，這酥脆的外皮以及入口即化的口感，使得我震撼萬分。我忽然覺得我是井底之蛙，都十二歲了竟然沒有吃過如此的美食。含在口中許久、許久，我都不忍嚥下，但我萬萬沒想到，在我吞下去之後，這美好的口感竟在我口中不停的徘徊，不斷的迴盪著，這種感受時至今日，依然讓我記憶猶新。

另外，外婆親手炒的炒麵線猶如來自天國，是專門供予天神的佳膳，口感不用說，先是它發出的香氣和呈現的美麗色澤，就使得我不由得沉浸在這幸福的世界中，我深深的希望永遠、永遠，時間都能停在這裡，因為這如此快樂，幸福的滋味使得我永生難忘。

今日，我能吃到這些美食，說是我三生有幸，也一點都不為過，這次的餐會令我大開眼界，同時也希望趕快再到下次過年，因為我才能再次吃到這天神的佳膳。

新年糗事多

大勇國小　陳政瑜

過年那天早上，家裡的所有人都準備好要出發去拜年，三姐卻打了一通電話來說，她晚一點才能回來。

之後我們開著車去到了竹山，一行人先去姑丈家拜年。我們才剛停好車，姑丈他們就已經泡好茶等我們了。我們進去之後，看到了一個才三歲的小孩，爸爸一直想要抱抱他，可是他卻很不給爸爸面子，都不給爸爸抱，而且他還一直跑來要給我跟姐姐抱，可惜是，我應該抱不動他吧！姐姐抱了他一下之後，本來想拿給爸爸抱，可是他卻甩頭不理爸爸，逗得大家都笑彎了腰。

我們又出發去阿公家，一回去，春聯就已經貼好了，父母跟姐姐都忙著打掃，卻只有我不知道要做什麼事，本來想要幫忙，可是後來又怕幫倒忙，所以我就自己走去買了很多鞭炮。回來之後，我看見爸爸在提水要洗桌巾，我就走過去問爸爸有什麼事要我做嗎？爸爸就說：「那你去幫我提水吧！」我開心的說：「好啊！」後來我就裝了很滿的水走過去，把裝水的大桶子盛滿，水滿了之後，爸爸就去洗桌巾了，然後把它晾在鐵桿上，我定睛一瞧，突然看到了一個很大的破洞，我問了爸爸之後，爸爸才吞吞吐吐的說出是他弄破的，我們全家人都笑得天翻地覆。

當全家拜拜完之後，我們都無聊得快睡著時，我突然想到我買了好幾盒仙女棒，因此我就拉著姐姐的手說：「我們出去玩仙女棒好不好？」姐姐就去神桌上拿了個打火機，我趁著空檔出去用燒紙錢的桶子裡面還在燃燒的紙錢點了好幾根，姐姐一走出來跟我小聲說：「不能用那個點，會被罵的，要用打火機點。」之後我們拿著仙女棒在天空中畫了幾個圈圈、字，當沒有火花時，我們才把它丟進垃圾桶裡，幸好一直到玩完所有的仙女棒，都沒有人發現我對神明的不敬。

我們吃完了年夜飯，去玩了一下紙牌，媽媽大敗，之後又去跟大家拜個年，我們就依依不捨得回家了。

貼春聯問題一籮筐

忠孝國小　葉渝文

除夕的前一天，我和姐姐兩人一起找出可以使用的新春聯，並且合力把舊的春聯撕下來，在撕的過程中，我忍不住在心裡嘀咕著：「為什麼去年要用雙面膠來貼春聯啊？害得我現在的手好痛。」因為我有時好不容易費力的把春聯撕下來後，又得因為有些頑固的雙面膠還賴在上面不肯離開，只好用我的指甲把它們一片片的趕走、剔除，但這又會使我的指甲非常得不舒服，所以我暗自決定著，今年一定要用膠帶貼春聯。

但是問題又來了，用膠帶很不牢固，如果遇到較麻煩的地方，它就會不聽話，想要跑掉。第一次跑掉時，我們還是非常有耐性的把它放回去，第二次春聯再次逃跑時，我們合力把它好好的、仔細的黏回去它的位子；等它第三次再度落跑時，終於有人發飆了，那個人就是已經忍耐多時的媽媽。她發狠的說：「乾脆用一個東西讓它永遠跑不掉。」我聽了，心裡暗叫不妙，該不會是那樣東西吧！結果，果然是雙—面—膠，「啊！不要用那個討厭的東西來貼春聯啊！」我的吶喊果然無人聽見，唉！媽媽一定都不了解我們撕春聯的痛苦。

再來就是有一些春聯是貼在木頭上的，還記得我剛剛說過我們都是用雙面膠貼春聯的嗎？像這樣子如果把春聯撕掉，一定會有一些顏色被堅強的雙面膠帶走，有時又很難找到同樣尺吋的春聯來替補那些難看痕跡，想買咖啡色油漆塗上去，嫌麻煩；想拿一些紅紙增加春聯的面積，嫌不好看，當然，最好是當作沒看見那些疤痕了。

貼春聯或許對許多人來講輕鬆極了，但是我們家貼春聯卻是問題一籮筐，我也沒辦法改變什麼，只好每年重覆上演一模一樣的貼春聯攻防戰囉！

自由的監獄

新平國小　邵筱芸

在家裡頭，有一道水藍色的門，門裡面，是一間擁有薰衣草色的天空，有著婚紗白的地毯，四周還矗立著一個個身體上染著巧克力色的書櫃，一望過去，就好像一幅精心創作的畫，一旁的角落裡，有一個牛奶色的小留言板，上頭還貼著好幾張五顏六色、奇形怪狀的許願便利貼，這個地方就是只有我一個犯人的小監獄。

這個監獄充滿著笑聲、哭聲、抱怨聲、鉛筆的沙沙聲、還有「吹包子」的聲音，好不熱鬧呀！但是我最喜歡的就是翻書時所發出的「啪！啪！」聲。每天一起床，第一個走進的空間，並不是有著夕陽燈光的廁所，而是投入薰衣草天空的小監獄的懷抱，拿起一直影響我睡眠的「哈利波特」，細細的品嘗哈利與生俱來的勇氣和機智；以讚嘆的心情，來佩服妙麗的好頭腦；再用愉快的心情，來看榮恩獨特的喜感，再加上作者的想像力，哇！這真的是小說中的王者，總能讓我感到意猶未盡的一再投入它的情節中，一再的在文字中自在穿梭。

雖然這個空間充滿著歡樂，但也有它不為人知的一面。每當考試來臨時，它就好像喝了媽媽給的迷湯似的，只要我一接近課外書時，就馬上有一台吸塵器利用它的吸力，將我吸回書桌前，面對一本本張牙舞爪的參考書、考卷，一副要把我吃掉的樣子，而且一有抱怨，就會有一雙銳利的眼睛直勾勾的盯著我，使我一刻都不能鬆懈，真的是痛不欲生呀！

這間小監獄，也扮演著知心好友的角色，每當有不如意的時候，就會有一雙溫暖的大手安慰著我，開心時，我會和它分享快樂，它永遠都會陪著我，即使我老了、用不到了，也不能改變它在我心中的地位。

可怕的回憶

育仁國小　葉凡瑄

讓我期待已久的校外教學又到了，全班帶著愉快的心情出發了。途中我們在看「花田少年史」的影片，還有漂亮的風景作伴，真是美不勝收，令我目不暇給。

到了劍湖山世界，我們這組首先玩了「天女散花」，風呼呼的吹來，彷彿像開冷氣一樣，涼快極了。我們還去搭了海盜船、雲霄飛車，但是最恐怖的卻在後頭。

我們還坐了史上無敵可怕的「G5」，一坐上去，我才後悔，不應該上來的。機器起動了，它慢慢往上駛去，到了高峰，停頓了一下，看著那無底的黑洞，啊！衝到了黑洞裡，才短短的三秒，我的心簡直要從嘴巴裡跳了出來，把大家都嚇破膽了呢！

接著大家又一起坐了「搖擺康康」，排了三十分鐘才坐上去。上去時，我以為是轉個圈圈而已，沒想到機器開始不停的轉來轉去，還三百六十度的翻轉，又連轉了兩圈，下來時，我眼冒金星，腳已經不聽使喚的軟了起來。鎮定後的我們還去摩天輪上吃中餐，而有的同學則因為剛剛的G5和搖擺康康嚇到吃不下東西。

下午時，我們去玩了不可怕的鬼屋和旋轉木馬，還有球球大戰，我們一邊撿球、一邊丟球，玩得不亦樂乎呢！大家還吃了好吃的牛奶冰淇淋，一整天的行程都太令人滿足了。

我們在依依不捨的情況下，離開了讓我們有著可怕回憶的劍湖山世界，走著走著，同學突然喊起了：「阿扁下台！阿扁下台！」的口號，讓全班都哈哈大笑，我們又回到了花田一路的身邊，在笑聲中，回到了學校。

樂在書中

新平國小　蔡昀潔

書，對我來說意義非凡，因為從小媽媽就讓我養成閱讀的習慣，因此，書，就是我的玩具，也是我的玩伴，長大後，我依然維持著每天看書的習慣，漸漸的迷上了一套精采刺激，又帶點奇幻和感人的書——哈利波特。

哈利波特為什麼會讓我這麼著迷呢？因為裡頭的主角——哈利波特是個聰明、勇敢又富有正義感的少年，在書裡還有許多令人意想不到的轉捩點和優美詞句，都是這套書令我著迷的地方。哈利努力奮戰到最後，終於嘗到了甜美，了解了人生的真諦，並從作者筆下贏得了圓滿的結局。

每當手上捧著哈利波特，我的心就會把身體丟在一旁，飛進書裡，和哈利一起戰鬥；一起殺「食死人」；一起尋找「分靈體」；一起破解鄧不利多留下來的神祕線索；遨遊在書中，分享著各個角色的喜怒哀樂，把煩惱和不愉快都交給書本，使我天天都能自由自在的馳騁在書中的世界。

雖然我一直是忠於哈利波特的，但媽媽卻不讓我太過於沉迷，因為一來怕我近視度數增加，二來怕我陶醉在書中，使得學校的考試成績一落千丈，所以考試前兩個禮拜，我所要面對的書就不是哈利波特了，是一本本的教科書、一疊疊的練習卷，那時我就好像跌入地獄的深淵，心情盪到谷底。所幸痛苦的日子一轉眼就過去了，哈利波特又回到了我的懷抱，這讓我興奮的和它跳起舞來，愉悅的翻開書本，繼續沉浸在哈利波特裡，反覆的閱讀著。

我闔起書本，伸伸懶腰，回想起書裡的精彩內容，嘴角泛起一絲微笑，我蹦蹦跳跳的走向公園，望著刺眼的陽光，翠綠的大樹，五顏六色的小花，和大自然分享著我的愉快和喜悅，並且把這份「樂」放在書中，永遠的持續下去。

樂在棋中

新平國小　劉惠昕

我最快樂的事，是可以站在黑白交錯的田間，看著自己所建立的大城。我最快樂的事，是望著在黑白的田中，自信移動的棋軍。我最喜歡下棋，總是能樂在「棋」中。

我小的時候，時常心浮氣躁，無法定下心神，坐這山、望那山，最後一事無成。媽媽為了培養我的專注力，特地尋遍千山、找遍萬野，終於找到一間在南投的圍棋班。剛開始的時候，我一想到要坐在恐怖、如同行刑台上的教室一個多小時，不禁放聲大哭，常想盡辦法請假。

當我上第一堂課時，一踏進教室，覺得看見一雙雙要盯死我的眼睛，我害怕的和陪我上課的爸爸坐進位子，準備上課。剛開始的幾堂課，常因為不專心而被一旁的爸爸責罵，接下來的幾堂課，我發覺大家似乎變成一個個慈祥的天使，我也愈來愈專心了！此外，我和爸爸下棋，還時常是我贏呢！

後來，我努力的練習，發現自己的專注力愈來愈好，不再「一事無成」了！當期末老師要考試時，我大勝圍棋老師，這種狂樂簡直無法用言語表達、用文筆形容，達到不可言喻的地步。

這個贏，雖然不是第一名，也不是正式的比賽，沒有獎盃、沒有獎狀、也沒有獎品，但卻是我心靈戰中的第一名，我從心浮氣躁，一直到心平氣和，甚至贏了老師，這種勝利的榮耀，遠遠超過物質上的獎勵，高過於比賽得獎的光榮呀！

這份快樂，我最想分享給爸爸。是他，帶我走出難關；是他，當我掉入絕望的深淵，一把將我拉起；是他，帶我站上最後勝利的舞台！還有，因為我有快樂的心，當我看到別人對下棋有困難時，我一定會盡力幫忙，因為我從圍棋中找到快樂，當然也要讓別人從圍棋中發現樂趣，讓他們也可以「樂在棋中」！

當陽光劃過地平線

新平國小　劉惠昕

夜裡，我看著車外，一片有如白紗的霧，覆蓋著整個大地，綿綿的細雨輕飄飄的降落人間。好似雲霄飛車的路途上下起伏，心中莫名的感傷起來。深夜裡，大地被黑夜籠罩著。

凌晨時分，我從民宿的木床上跳起，走向陽台，昨夜跟今天早晨是多麼的不一樣呀！遠處的地平線上，慢慢的、慢慢的亮起來，一道強烈的光芒劃破了暗淡且空虛的地平線，心裡產生了一種十分奇特的快感；眼前的鳥兒立在枝頭上高聲合唱著一首又一首早晨之歌；陽台下的小草掛滿了清晨露水——不！是一串串價值不斐的稀有珍珠呀！

當我再次眺望時，又是另一番美麗的畫面，令人無法言喻！白色的雲海漂浮在蔚藍的天空中，好像剛下過大雪、蓋住一切，只留下雪白的天堂。從遠處一直到更遠之處，更像流動著滿滿雪花的河流，令人真想跳下去遊玩一番呢！

我踏出了房間的門檻，哇！這可真是人間仙境呀！我漫步在霧裡，看著這裡掛滿珍珠的每一草、每一木。我又發現了一條潺潺小溪：水流輕輕拍打著大大小小的石頭，就像兩個小朋友在一起嬉鬧，好快樂呀！

置身在其中，不由得會產生一種喜樂的情感，心十分平靜，感覺就像神仙，在濛濛的霧裡來回穿梭，望著陽光衝破雲層，雲海熱情的跳舞、翻騰，被雲霧擁抱著的每一個毛細孔，可以忘記一切的憂慮、宛如新生！

午夜的聲音

忠信國小　劉曉頤

滴滴答答！在黑暗的陸地上，葉子的露珠從葉片上慢慢的滴了下來，變成夜晚的小水滴。

有時候在午夜還會聽到大貓叫小貓的聲音，在午夜的時候，很多動物都會出來找食物吃和尋找夥伴，都會利用自己的叫聲來辨別。有時風特別大的時候，也會一直發出嗚嗚作響的聲音，讓人聽了毛骨悚然。

有一天，我在夜晚的樹林裡，聽到了許多奇奇怪怪的聲音，眼前一整片溼溼黏黏的泥土，我非常的害怕，希望可以快點逃離這個地方。我走過了黏黏的泥地，也走過雜草叢生的樹林，只剩下穿越過這個池塘就可以到目的地了。

在穿過去的時候，我謹慎的先用一隻腳測試水有多深，再撲通撲通的走下去，聽到了水濺起來的聲音，也聽到有人在夜晚說話的聲音。過了許久終於走到了目的地，突然聽到碰的一聲——原來我從椅子上摔了下來，才知道這是一場夢。

原來我本來坐在陽台上，欣賞夜晚的星星，後來就睡著了。我坐在椅子上靜靜的享受著夜間的時光，過了許久，我懶懶的從椅子上站了起來，聽到了雨滴滴答答的聲音響著。

此時我才慢慢的拿著椅子，穿過雨水的簾幕，往房子裡面走去。

午夜的聲音

忠孝國小　呂世庭

歲月不饒人，早晨那涼意襲人的空氣似乎才剛被我吸收，時鐘卻趕時間被一位不知名的魔法師調至十點。網球場的橙已漸漸被暈黑的天空抹去，只留下點點星光，陪伴著被瞌睡蟲包圍的我。

家園後的小川，溪水潺潺的向前奔去，彷彿正追著月光那朦朧的臉蛋。蟋蟀好像也不甘示弱的在一旁輕聲哼曲，風也呼呼為它尖叫，表示支持，我聽到了它們的合奏，原本黏不起來的眼皮，也感受到了樂聲的動人之處，乖巧得合上，當個盡職的好聽眾。

突然，原本和樂融融的三重奏，驟然變為淚眼潸潸的四重奏。一陣陣尖銳的煞車聲刺人心弦，撞裂的巨響更嚇壞了這場「午夜音樂會」中所有的演出者和參與者。蟋蟀、風和細細流水，已不再迴盪在我的心中，或許是我聽錯了，因為我的腦袋在此之後僅出現那刺耳又掃興的撞車巨響。

之後，我已沒有心情聆聽細微的聲音，我的四肢和五官似乎都被這突如其來的災禍給冰凍了，呼吸聲也不再那麼理直氣壯。我只是一味想閉上雙眼，結束這令人心驚肉跳的惡夢，眼皮竟也很給面子的，讓已嚇得魂不附體的我，可以不必再受到救護車那可怕的叫聲刺激。

隔天醒來，在上學的路上，朝昨晚「車聲」發出的地點走去，但……只看到熟悉的柏油路上，多了一些痕跡，多了一些已凝固的血跡。希望那位「為馬路上色」的人，昨晚聽到的午夜聲音，是人生的第一次，也是還有希望的最後一次……

午夜的聲音

忠信國小　許育愷

深夜時，總是會聽到天花板上的腳步聲，而腳步聲就像催眠曲一樣，聽著聽著眼皮也不知不覺的闔上，睡意也不斷的攻擊我，誘迫著我卸下防備，但最後我還是戰勝了它，獲得勝利。

聽著催眠曲一聲聲襲來，我一直想著這腳步聲到底是誰的？是小偷？還是鄰居？這個問題始終沒有答案，雖然想要去尋找解答，但因為已經深夜了，因此只能靜靜的傾聽這個謎一樣的腳步聲，伴隨著寂靜的夜晚中，自己微弱的心跳聲。

我靜靜的靠在窗邊，在月光照射下，我看著灑滿月光的地板，看著、看著，我漸漸的遺忘了腳步聲，專注的凝視著受月光保護的一小塊地板，一邊想像著月亮就在我身邊，但一聲重重的打呼聲把早已出神的我拉了回來，也因此讓原本就不想睡的我，索性尋找起我感興趣的書。

就這樣房間裡只有翻書的聲音和月光、正在打呼的哥哥，還有一盞小夜燈陪伴著我，而小夜燈那渺小的燈光，感覺好像快要被深夜的黑暗吞噬掉似的，所以我只好把書蓋上，即使是看到整本書的最高潮，我也毫不考慮，默默的看著小夜燈那微弱又無助的光線，直到我睡著為止，但我卻又睜著眼，看著裡頭的電燈是如何變暗，是如何熄滅的。

敵不住睡意的我，卻在小夜燈的光芒最微弱時，悄悄的閉上眼睛，緩慢的進入甜美的夢鄉，一直到早上為止，我還沉浸在我的翻書聲及月光聲裡。

腳踏車驚魂事件

大勇國小　游惠文

「啊！完蛋了！」我心裡不斷恐慌的想著。身旁躺著一台籃子扭曲變形的腳踏車，而眼前有一個叔叔和一台倒在地上的摩托車，我到底該怎麼辦？

中午吃飽飯後，我看著電視，轉來轉去，也沒有什麼特別的節目，便索性將遙控器丟在桌上，穿上布鞋，準備出門去晃一晃。踩上我可愛的「鐵馬」往學校的方向騎去，一連在學校外繞了幾圈，便開始感到疲累。

我騎入了小巷子，而前面有一台摩托車正以緩慢的速度前進，我的心中雖然閃過一絲絲的不安，但並不把它當作一回事。我慢慢的向前騎，正當要超車時，摩托車突然減速，我嚇了一跳，趕快按下煞車「ㄍㄧ——碰」兩台車撞在一起之後，便應聲倒地，一動也不動，我呆呆的看著我的腳踏車奄奄一息的躺著，一句話也說不出來了。

「小妹妹，你有沒有受傷呀？」叔叔一邊扶起摩托車，一邊問，這才把我從驚恐中拉回現實。我搖了搖頭之後便開始不斷點頭道歉，並且迅速的拉起籃子早已面目全非的腳踏車一走了之。騎著騎著，才發現我的手指正緩緩的流出血來，讓我大吃一驚，我加快騎車的速度，想快一點回到家。

回到家，我無奈的看著腳踏車上的籃子，再看看手上的傷口，籃子已經被撞得歪七扭八，而傷口上的血彷彿還在上映著剛剛那一幕的鮮紅，便進入家門。

坐在鞋櫃上回想著車禍的過程，我才發覺，我的預感，真的好靈。

一件新衣服

育仁國小　葉凡瑄

前幾個月，我們一家人和舅媽一家一起去韓國玩，去逛街時，我眼睛一亮，看到了一件可愛又華麗的韓服。

我吵著媽媽買給我，媽媽只好無奈的點點頭，買下了那件有著黃色外套、紅色長裙的可愛韓服。回飯店之後，媽媽看著韓服，愈看愈覺得可愛，就請導遊再帶我們去一次，買了一件和我一模一樣的韓服給我只有兩歲半的小表妹，也順道買了一件弟弟的韓服。此時我的心情有如坐上了彩色的熱氣球，飛到了天堂。

回台灣後，那件韓服就沒有再穿過，直到了幾個禮拜前，有一位和我最要好的阿姨要結婚了，我和舅媽約定好，阿姨結婚時我們要一起穿韓服出席。那天，我穿著韓服左右瞧了一下，不大不小剛剛好，在婚禮上也有好多人稱讚我的衣服好漂亮呢！

在吃飯的時候，我和幾個男生跑出去玩，正要下樓梯時，一不小心，裙子勾到了樓梯，我就從樓梯上滾了下去，當時我嚇了一跳，就像坐上了黑白的熱氣球，一直往下掉。

有幾個阿姨跑了過來，一直問我有沒有受傷，我卻一直哭，因為有很多人都看到了，真不知道臉要往哪裡擺，真是糗大了。

這一件韓服，讓我有著丟臉的回憶，真想把它丟掉，但是媽媽常說：「人要懂得知福，不可以貪得無厭。」所以我一定會好好的珍惜它，而且可以擁有從國外買回來的新衣服，我真是幸福呀！

開夜車的耳朵

新平國小　詹逸賢

午夜前，正是換班的高峰期，並非眾人所認為的安靜，人的耳朵在東半球即將進入早晨，而眼睛在西半球已是午夜了。

在今年要考衛道中學的我，每日約在午夜時分才能休息，就在房間的門前總會聽見各種聲音，有種聲音，在這時總特別響亮，威力足以蓋過其他聲音，鑽進我耳朵中，經過我的探索，聲音的來源竟然是養魚用的濾水器。

每天都是他擔任午夜的主宰，日積月累後，這聲音更是令人發毛，宛如一隻手在倒水。永無止境的水瓶和深不見底的水槽，究竟為何有這種感覺？晚上怕到睡不好，可是又不忍心把濾水器關掉，讓魚兒失去乾淨的水質，只好快步走過，不再逗留。

經過了一星期，我開始將那種想法放到一旁，往好的方面想，沒想到，這種方法讓我打結的思緒轉變成放鬆的心情。每當走過這走廊，整個人彷彿成了一隻樹蛙，居住在小河旁，那輕泠的水聲、外頭的蟋蟀聲，簡直成了一個舒適、自然的家。

這個家成了我放鬆心情的重要場所，短短的幾十秒有如靜止的世界，不管是外頭的汽車聲、打呼聲或是吵架聲，都隨著我的情緒找到出口而全部消失了。

午夜就像我的另一個白天，隨著使用對象的不同，卻都能充分表現出午夜的熱鬧，在人的各個部位都有表現時，開夜車的耳朵，也同樣受到尊重的。

欠債王

忠信國小　許育愷

還記得在五年級暑假時，不是玩電腦，就是看電視，除了這些事之外，還有一件我不想做，但又非做不可的事，就是借錢給哥哥。他每次都說會還，但是有錢卻都不還，而是一直努力的花錢，根本不想還錢。

就在暑假剛開始的幾個禮拜後，我就和他說：「以後要借錢，就要在兩個禮拜內還清，如果沒辦法還，就只能每半年借一次。」他口口聲聲說好，但卻都沒有做到，而那些借他的錢都是爸媽給的錢，也是我努力存下來的錢，更重要的是，那些是我戰勝誘惑的辛苦結晶，但他一出現，就把我辛苦存下來的錢，一點一滴的搶了過去，他也總是把我的話當成耳邊風一樣，我輕輕的吹，他柔柔的答，每一句都像風一樣，過了就一點痕跡也不留。

雖然他要借錢時，我都心想是不是要先還錢來呢？但情況總是相反，一直到現在我幾乎每次問他說真的有必要一直花錢嗎？而他的回應就只有一個字「對」。

就在最近這幾天，阿嬤給他五百元去剪頭髮，而他回來後，阿嬤竟然把他找回來的三、四百元全給了他。我就趁機跟他說；「既然有錢，那就先拿來還錢吧！」沒想到他不但沒有要還錢，還說他要拿去買虛擬遊戲幣。聽到這裡，我真的很想跟他說：「每次都亂花錢而不還錢，都說會還，結果還不是騙人。」

也許是我自己太笨，不應該借他錢，但我沒辦法未卜先知，無法知道哪條路會有怎樣的結果，可是我還是非常希望他能夠還錢，不要當個在弟弟心中的「欠債王哥哥」。

感受不到的愛

忠孝國小　葉渝文

有時間，大家也許會把父母的教訓當作是一種嘮叨，當然大家也就更不會覺得那其實也算是父母表達愛的其中一種方式了。

像「壞孩子貼紙」一書中，也有一段是這麼說：「我和媽媽要工具箱時，媽媽根本理都不理我；我又跑去和爸爸要工具箱，爸爸二話不說就買給我了。」但是，如果換個角度來想，媽媽也許是因為家裡有一些狀況而沒辦法給健佑買工具箱，但也許她有私底下拜託爸爸幫健佑買工具箱，爸爸才會二話不說的答應了，如果因為這件而誤會了私底下幫助健佑的媽媽，那會不會就很對不起媽媽呢？

實際上，家庭中也常常會上演類似這樣的情節呢！例如：媽媽看見我們坐姿不端正時會說：「坐的時間要坐好，站的時間要站好。」我們通常會覺得媽媽怎麼這麼的煩，我們又不是不知道，但是如果換個角度想想，媽媽其實也是在關心我們，如果和她頂嘴，是不是非常的不應該呢？這些小細節都是大家常常忽略掉的愛。

還有，公共場合也有一些大家不容易感受到的愛：學校放學時，一些自願幫忙指揮交通的義工媽媽們、行人道上或馬路上，那些幫忙掃落葉或撿拾垃圾的人，他們的付出也都是大家常忘記掉的愛。

這個世界上，有許多默默為大家付出的人，大家只要用心去觀察，一定會發現許多自己平常從來沒有看到的愛。

在夕陽之下

忠孝國小　黃冠鈞

這次的夕陽照耀在柳川之上，滿江的流金反射在眾人身上，微風輕輕吹過，身上不禁感到舒暢，正午的炎氣，在這時早已煙消雲散，只剩下這清涼的微風，金黃的夕陽，還有滿江的金影。站在柳川橋上的我，欣賞著如此優美的夕陽，久久不肯離去。

在我離開時，前方的太陽已被染成了火紅，而這豔麗的陽光將天上的雲朵化為一片火海，這滿江的流金也全燃燒了起來，獨自走在紅色的人行道上，依伴著在一旁的柳樹，景色顯得格外優美，但卻隱約透著一絲絲的孤獨，好希望有個朋友能夠陪我走在這紅色的小路上。

又過些時間，太陽落下了，低空的雲朵漸漸的失去光彩，但遠在高空的雲兒卻依然綻放著橘紅色的光芒。在西方的天空依然火紅，但望著東方卻成了一片黯淡，而最饒富意味的即是上方的天空，橘紅的雲朵，配著暗藍的天空，心中有著許多說不出的感觸，而這逐漸暗下來的天空，正引領著我步向歸途。

這次的夕陽，使我回味無窮、永生難忘，正是因為這時的陽光特別的柔和、動人，所以我才會看得如癡如醉，直到天空暗下來的時候，才依依不捨的離去。回來之後，又使我對太陽神祕的面目感到另一番的好奇，因此，我又選了一個下午，進行太陽的觀測。

這天下午，我架起了一座天文望遠鏡，進行太陽的觀測。這時雖是夕陽，但陽光依然強烈，而我好不容易對準太陽之後，在目鏡裡看著黃色的太陽時，雖然是有濾光鏡，但時間一久，眼睛依然感到疼痛，所以過不了多久即便收工。

今天又是回到當初的夕陽下，這時的我身上多帶了副天文望遠鏡，繼續走在紅色的人行道上。

籃球的祕訣

忠孝國小　呂世庭

有一回，我去參加籃球營。

在練習跨下運球時，一位高大壯碩的國中生，練了半天，完全沒有成功過任何一次。他也許是不耐煩了，氣沖沖得找教練理論，不久，教練集合所有在場的學生到他面前。「剛才，有位同學問我：『何謂籃球祕訣？』，你們覺得呢？」教練問道。所有人便開始猜答案，大夥兒絞盡腦汁的想，從手的柔軟度，到四肢的靈活度，甚至到身體的噸位，都有人認為。

可是，教練仍面不改色的繼續問道：「你們認為花豹為什麼可以那麼輕鬆的抓到離自己幾百公尺遠的獵物？」我覺得當然是因為花豹有著過人的速度，才可以追到的，因此，我以很輕蔑的態度，回答了這個自己認為只有幼稚園程度的問題。

我以為教練會同意自己的說法，沒想到，只見他嘆了一口氣，以無奈的口氣問：「難道你們還不懂其中的道理？好吧！你們說，一個弱不禁風、使不上力的女子，會選擇要當一個運動健將嗎？」教練的這番話，好像終於有人了解了，有位胖胖的小學生舉起手，並激動的說：「我懂了。根本就沒有什麼祕訣。」

他的一句話驚醒了正在沉睡中的所有人。教練便點點頭、笑道：「沒錯，想要把球打好，就必須好好的利用自己專長和優點，而不是靠什麼祕訣。人生的道路也是如此，並沒有強制誰一定要照著偉人成功的訣竅做，而是得發掘出自己的長處，加以發揮，就是成功的基本法則。而我要你們每個方面都練習，就是希望各位能找出自己的優點。」

經歷了教練的一番說明，在往後的日子裡，每個人都更加勤奮的學習了。

我的煩惱

大同國小　黃筱淇

我的煩惱對別人來說可能是微不足道，而以我的角度來看卻是比登天還難。

寫閱讀心得是我最煩惱的一件事，每當看到老師的功課項目上有心得，我的腦袋就一片空白。只要我拿起心得準備開始動筆時，我的靈感就像沒有打開水龍頭的自來水一樣，流也流不出來，這使我用盡了假日的休息時間，而且每次總要到最後一刻，那些心得才陸陸續續的擠出來，使我感到更加沮喪。

寫心得看似簡單，但實際上要寫得出來而且寫得好，就很困難了。心得就像一罐蜂蜜，而我就像是一隻小蒼蠅，覺得很新奇有趣，最後腳卻被黏住拔也拔不出來，只有等待時間的流逝，其它同伴們碰巧經過，才能脫離災難。

當我掉進了心得的深淵，想爬出來，勢必是有困難的。而要開啟控制靈感泉源的水龍頭，則是更加困難，而克服，更是一把關鍵的鑰匙，當我找出了這把無形的鑰匙，它便能為我打開通往內心的門，也打開了我心中所有的鎖，放開我的顧忌，讓自己在心得的美妙之處飛翔，享受寫心得帶來的快樂與收穫。

解開我心中的綑綁，享受自由的感覺，寫心得不會再是我的煩惱，而是快樂的磨練，因為我克服了重重難關，飛向那海闊天空。

我的第一次

大勇國小　鄭貴尹

第一次的經驗，充滿了陌生、新奇、有趣、害怕，且具有挑戰性。每個人的第一次都是獨一無二的，每個人都有自己最深刻的第一次，而我印象最深的第一次，到現在我都還忘不了那深刻的一幕。

長大了，媽媽說要學習自己綁頭髮，早上起來、洗完頭髮，都要自己做，不要再靠別人的幫助，完成自己該做的事情。那時，我東想西想的，我真的不知道要如何綁頭髮。於是我請教媽媽，要怎樣才能又輕鬆又快的把頭髮綁好，但是媽媽的回答竟然是：只要熟悉，就能事半功倍。

隔天早上，我特地早起，練習綁頭髮，但是，我用力一梳，哇！頭髮都打結了，我光把頭髮梳直，就花了十分鐘。我立刻下定決心，決定要學綁頭髮，不管遇到什麼困難，都不會放棄。我試著先把頭髮抓起來，梳上面、左邊、右邊，都不太困難，但是我一梳下面，考驗就來了。

我才梳了一下，頭髮從我的手裡「咻！」的一聲，全部都掉下去了。但是我還是重新把頭髮抓起來，梳上面、左邊、右邊，要梳下面了，我有點緊張，我梳，呼！終於成功了。我的心告訴我，絕對不能掉以輕心。我繼續梳，梳到最後，即將完成時，我的手竟然一不小心的鬆掉了，我非常的沮喪，但也只好重頭再來了。過了二十分，終於大功告成了，一股喜悅的成就感油然而生。

經過這一次的體驗，我深深的體會到，原來，綁頭髮是一件不容易的事，雖然現在我已經熟能生巧了，但那一次的經驗，真是令我難忘啊！

我的第一次

大同國小　黃筱淇

人人都會有喜、怒、哀、樂，而令我記憶猶新的是——「第一次發自內心快樂的笑」。笑，大家每天都會笑，我們從未細數自己曾笑過多少次，但是，打從內心快樂的笑，是世上最美麗的。

是誰能讓我那麼開心的笑？是誰能比得過我那又幽默又有趣的爸爸？不是別人，那就是我的那些活潑又滑稽的同學們了！

還記得當時，我跟男同學吵架，誰也不讓誰，我們兩個人的眼睛裡都冒出了熊熊的烈火，生氣的看著對方，我的心中一直「噗通噗通」的跳著，雖然我覺得有點害怕，但是我還是鼓起勇氣，不甘示弱的看著他，當下，我覺得自己好無助，彷彿是一個孤兒，無依無靠，和別人吵架輸了，所有的不滿，只好往肚裡吞。

時間一分一秒的過去了，他打破了寂靜，開始跟我對罵，我也生氣的罵回去，但是他卻愈罵愈兇，我心中非常害怕，我的雙腳不停顫抖著，淚水在眼眶中不停的打轉，突然，我的淚水不停的流了下來，好像永遠都流不完一樣，我跑開了，我覺得自己好丟臉，從那件事以後，我不管看到什麼好笑的事都笑不來了。

下午掃地時間到了，我到樓下掃地，很快的我做好了自己的工作，正準備要上去時，我笑了，我真的笑得好開心，因為有人在樓上澆花，一不小心手滑了一下，水就倒到那個欺負我的男生頭上了。

經過了這次的經驗，我了解到笑是最美的，有笑容，人生才會有色彩，所以我們試著敞開心胸發自內心的笑一下吧！

我的小天地

中正國小　魏奕惠

我的小天地，就是我的臥房，是我細心布置的小天地，也是可以天天陪伴我的朋友。

打開門，就可以聽到門上「叮！叮！叮！」的美妙音符，再走進去一點，就可以看到有如棉花一樣軟的床，坐上去，彷彿在天空中自由自在的飛翔，往左邊一看，就會看到有如巨人般的衣櫥，裡面放著款式眾多的衣服，再往前看，看到了有如門一般的大窗戶，窗戶上掛著美麗的窗簾。待在小天地裡的我，總是不想踏出房門一步，因為有許多屬於我自己的記憶。

尤其在房間的某些角落，更是我的小小天地，在衣櫃裡，有許多我特別喜愛的衣服，總是會讓我一而再、再而三的穿著，連換衣服時，也常常會躲到衣櫃裡再換，彷彿這樣能帶給我許多安全感。我的書桌，也是在臥房裡的另一個小角落，抽屜裡，收藏著我寶貴的東西，像是亮片、小飾品、珠子和一些色彩多樣的沙子。還有，能感受微風徐徐吹來的窗臺，我總是喜歡坐在上面，吹吹清涼的風、看看忙碌的人、聽聽悅耳的琴聲，這也會讓我感到快樂。

有時候，有小客人來時，我總會請他們到我的小天地做客，看看書、寫寫功課、喝喝茶，都會讓客人快快樂樂的返家。在我心裡，我的小天地是第一名的，但是，我還會更細心的布置它，讓它成為第一名的美麗天地。

幸福的滋味

新平國小　詹逸賢

幸福就像生命，沒有它，你會活不下去；幸福就像香甜可口的甜甜圈，放入嘴中，所有的煩惱立刻化為烏有，幸福是時時刻刻都圍繞在我們的四周，讓生活過得多采多姿。

幸福的滋味是幫媽媽做家事。媽媽每天要接送我們上下學、檢查功課，做許多事……我覺得媽媽很辛苦，便告訴媽媽我可以替她分擔家事，媽媽也答應了，從此每天幫媽媽做家事也是我的功課之一。

幸福的滋味是每天聽到社區警衛對我說：「你好！」我便大聲回答：「哈囉！」每天我就帶著這樣的幸福出門。

幸福的滋味就是當老師的「小老闆」。上一個學期快結束時，老師舉辦「同樂會」，每組的組長必須和組員開一家小攤子，我們這組是撈瓶子，當時老師就請我當小老闆看店，告訴顧客玩法和收錢，結業典禮時，老師在我的獎狀上寫：「謝謝你幫我看店，你是個認真的學生，我相信你以後一定可以成為令人敬愛的人。」這句話讓我的幸福指度飆到了極點。

幸福到底是什麼？幸福只是一種感覺，隨時圍繞著你。

歌詞創作

充滿夢想的大地

（歌詞改編）　容祖兒◎揮動翅膀的女孩

大勇國小　鄭貴尹

*當我走進一個綠色的王國
看到那有許多青草此起彼落
我撥開了那些很雜亂的青色草
發現後面很吵鬧
也找到了一些寶
我喜歡這片綠色大地
想帶我的表弟
一起在這遊戲
我可以飛上天
在浩瀚天際裡
找屬於我自己
我自己的夢想

我想要跟綠地相處更久
也想要把時間停留
在這演個人秀
但遠處
衝來了幾句話
趕快回家了啦
雖然熱情滿滿
雖然想再留戀
但一定要再見
不是說明天見
而是要永遠見
眼前是鍋貼
心中是藍天

頑固的眼皮

（歌詞改編）　楊丞琳◎調皮的愛神

忠孝國小　呂世庭

eye　will　be　快閉上　I　will　be～
eye　will　be　不再張　I　will　be～

誰還有不眠不休的活力
哪裡還有熱力四射的氣息
早該都早早　關上燈歇息
才有再打拚的毅力

深夜裡有太多沉默
所有噪音都變得低落
只有月亮抹去黑暗在一旁伴隨著我

*eye will be 快閉上 I will be 真奇妙～
頑固的眼皮使我心情急躁 睡都睡不著
eye will be 不再張 I will be 不吵鬧～
眼皮已決定讓我心靈燃燒 close close close
oh～oh～oh～I will be～

沒有人該停滯在原地不進
沒有人該不努力爬出逆境

深夜裡有太多沉默
所有噪音都變得低落
只有月亮抹去黑暗在一旁伴隨著我

＊眼皮呀請讓不順都被忘掉
ｗｏｗ～把快樂都留在嘴角
工作的困難　不停的燃燒　合上到底要不要
魔鬼的瞳孔已看上我的心跳
請讓我夢裡有微笑

友情

（歌詞改編） SHE&飛輪海◎心窩

忠信國小 劉曉頤

心情很難訴說
只要心情不好就要快說
請接受我的友情
如果你不快樂再跟我訴說
我友情做你的新窩
也許對你不夠好
卻不會影響到
我對你的友情

*快去打包行李
丟掉用不到的傷心回憶

頭腦裡　筆記本裡　快點更換
只放著快樂的回憶

毛巾就丟掉　有友情就夠　wow　oh~
最後用關心問候
拋除不好的心　完工

只要在你身邊
我就不會孤單
我也會非常心安
我要在你心裡
讓你感受友誼
也許分隔好幾年
我高興或傷心
都代表著我們的友情

看到你的笑容
今後多多指教和互相包容
你友情做我的新窩
暖氣不需要運用
我已經溫暖了
融解所有冷漠

數學

（歌詞改編）　蔡依林◎妥協

新平國小　邵筱芸

你　總愛賴著數字
我　負責想到發瘋
所有努力　只想要證明我是強者
這念頭　停留了好幾年
到頭來　我還是無法證明

你　拉下所有分數
我　馬上丟了冠軍
所有時間　一秒不剩全都給了你
不自覺　寫到不敢冒險
成了你的敵人　一年兩年
才發覺我有多恨你

想到脫線　到頭來還是無解
好想一腳踢你飛
歷史不斷重演　我恨你
算到吐血　或許還能挽回一點點
我已許下了心願
說不定能夠實現

文學的光芒

午夜的聲音

大勇國小　鄭貴尹

我從一個彷彿地獄深淵的夢境中跳出來的那一刻，所有的萬物，隨著我一起被喚醒。

「呱呱！呱呱！」的鳴叫聲，與一陣陣沁涼的風，貫入我的耳裡。許多美妙又迷人的聲音，總是偷偷的在深夜裡播放。只是我的耳朵正在聆聽另一個世界發出的刺耳聲。

「刷刷刷……」大樹很生氣，很生氣，不停的摩擦著自己的樹葉，他想要大地醒來，一同欣賞那優美的黑夜。「天上的星星、飄過來又飄過去的雲、動物們的多重奏，是比擁有上千萬的財富，還要值錢呢！」在刷刷刷的聲音中，夾帶著這些話語。

風贊成那樣的說法，助大樹一臂之力，使他的臂膀更加彎曲，指節也搖擺得更大力了。再聽到了這個消息，一步一步的走到了地面上，想要參加這項有意義的活動，其他的雨，也希望能用盡自己的力量來幫忙。嘩啦嘩啦的腳步聲，越來越清楚，清楚到讓我聽不見任何的吵雜聲。

我越來越沉浸在這個交響樂團中，我的眼皮越來越沉……。

陽光從窗戶的隙縫中灑了進來，他似乎也想要去欣賞他的美。我輕輕的撥開窗簾，瞧一瞧外面，忽然有閃閃發光的一根針刺入我的雙眼，我的內心大喊：好亮的光呀！我才發覺，原來太陽是存心想捉弄我呀！

我跟墨色的大地說再見之後，我在這一夜之中明白，也得到了用任何事物都無法換取的寶藏，清涼的風，再次伴隨著寂靜的早晨，我，再次跳回夢鄉。

午夜的聲音

中正國小　魏奕惠

躺在柔軟的床單上，一雙眼靜靜的盯著天花板，看見一條不起眼的線，高傲的懸掛著。

一直的、一直的，看著，它搖擺著輕柔的身軀，看得我眼睛都花掉了，突然間，它發出了輕微的聲音「呵！」，感覺就像柔弱的純潔少女被綁在上面一樣，很痛苦的呻吟，無法逃離黑暗的魔掌，發出那令人噁心的聲音，傳達著少女的答案。

但是少女依舊無法逃過黑暗的恐嚇。在這世上，也有很多人像這位少女一樣，無法享受洋溢的青春，無法得到朋友的鼓勵，更無法得到家人的關懷，只能被折磨到像被關在籠子裡的小鳥，無法得到自由，無法得到照顧，要面對的，只是走向生命的盡頭。

在現代的都市裡，埋藏了許多只會對別人感到不滿意的人，牠們心裡的寶石，已經不再那麼的明亮，早已變成一顆顆黑壓壓的竹炭了。原本閃爍燦爛的光輝，卻已經被汙染成只會加害人命的黑炭，內心，也被那充滿厭惡與憎恨的黑暗所討厭，被迷惑的良心懷疑。

打從心底顯示的字幕，寫著滿滿的感謝，感謝著父母的包容，包容我的脾氣和不好的行為，讓我進步、讓我前進、讓我向上，不讓我退步、不讓我後退、不讓我向下。父母的寶石，能永遠照亮我，踏上明天的旅途。

我仍靜靜的看著那條少女般的繩子晃呀晃，眼睛也慢慢的闔上。

維京人的藍寶

台中國小　孫靖雯

在茫茫的大海中「迷惘」了三年，但始終都沒有經過家鄉，也因為禁不起船上的兄弟們的請求，所以，大家決定回家鄉一趟。

到達家鄉，就必須從一條河的出口進入，再沿著河下去，就能到達目的地。

航在河上，景色十分的宜人，這天是非常適合航海的意思。身為一位維京人，更不得不準備好冒險的勇氣。一「河」上，山明水秀，許許多多的小鳥在枝頭上唱歌、打鬧，真熱鬧；飛魚們三五成群的從河面上跳出來跟我打招呼，我也用微笑回應著；微風輕輕吹動著樹枝，隨風搖曳，輕輕點在我的臉上，令我感到無比的舒坦，像是躺在草地上，仰望天空般，這裡的美景真是美不勝收呀！

早晨的天氣明明如此的好，但沒想到下午卻有一百八十度的轉變。這時天空籠罩著厚厚的烏雲層，連陽光都打不進一絲的光線。下著狂風暴雨，閃電打下來的時候襯著「轟！轟！」的雷聲，令我畏懼。但是，維京人不會因為這樣而害怕的，所以我必須和它對抗才行。

划呀！我的兄弟們！划呀！到世界的盡頭吧！狂暴的大浪打在船的身上，拍出了浪花，告訴我們：想航出這個地方，就得付出代價的。划著，划著，突然我發現，再航下去已經沒有路了！我忽然閃過一個畫面，難道，這不是河，而是瀑布！我還來不及和兄弟們說，我們就從瀑布的頂端掉下去了。心一直不斷的跳著，跳著。

當我一張開眼，眼前一片霧茫茫，難道，我在天堂？喔！不是，我不是在天堂，我在瀑布的底下！哇！我們竟然安然無事！我們竟然成功了！

突然檣桅上的兄弟拿著望遠鏡一直大叫：「我看到了！我看到了！我們的家鄉，看見了！」我們各個兄弟都欣喜若狂的叫著、跳著。我們終於回到了家裡，家還是沒變，但這樣也好。

過了一個月後，我們又再度踏上這條危機重重的航海之路，海是我們歷經人生的路，也是我們最重要的寶藏。

你是劉備嗎？

台中國小　孫靖雯

「劉備在歷史上是個膽小鬼，你為什麼會把他當成偶像呢？」我的朋友總是拿這句話嘲笑我，但是我覺得劉備是位善良又正直的人，也是個重視友情的人，令我敬佩不已。

有天，我津津有味的看著三國演義的連續劇時，發現螢幕上出現了一個大黑洞，我靠近一看，一不小心就被吸進去了……

當我張開眼睛一看，怎麼會一片灰茫茫的，塵土飛揚，但我仔細一看，哇！我竟然在戰場的正中央，左邊的將軍手上的旗子寫「魏」，中間的旗子寫著「蜀」，而右邊的旗子寫的是「吳」。頓時，我心想：我現在難道在三國嗎？可是我應該正在看電視啊！正當我百思不解時，聽到一擊鼓聲，啊！準備要開戰了，開逃！我快馬加鞭的跑，胡亂的跑到其中一個營隊去，發現裡面有個人坐在那兒寫字。那位先生，身材魁梧，非常高大，而且旁邊還站了兩個壯丁，也很強壯。他好奇的看著我，問說：「我姓劉，名備，字是玄德，那你呢？」我緊張的說：「我姓孫，名靖雯。」但我心裡一直想著：他真的是劉備嗎？可是劉備不是應該是長耳朵、身材瘦小嗎？劉備不斷的詢問我的穿著打扮、長相等各種問題，因此我們兩個人就像老朋友一樣相談甚歡。劉備喝著酒，我喝著果汁，我們更是聊到通宵達旦。劉備還介紹他的兩位好兄弟給我認識，一位是關羽，一位是張飛，我們四人就像親兄妹一樣，有說有笑的，真快樂。

突然，某位士兵奔進營房，跪著說：「將軍，準備開始了。」我發現，剛剛還笑笑的劉備，變得非常肅穆。劉備和他的兩位弟弟一起去應戰，而他希望我能留在軍營裡。當我目送他上戰場時，發現他的眼眶中閃著淚光，但卻透露出要贏的堅強，從那時起，我發現劉備其實一點也不膽小，而是非常的勇敢，當我一轉身進屋裡時，我又被吸回黑洞裡……

「阿雯！你睡在地上會著涼的。」阿嬤把我從三國拉回現實，哇！我竟能和劉備把酒言歡，還真是不可思議。但仔細想想，剛剛也真是詭異，我自己也笑了，因為我發現，我的偶像好像偷偷的捨不得離開我喲！

二十年後的我

新平國小　詹逸賢

「五、四、三、二、一」本店正式營業。開了超真電玩店的我，要以本人的創意來發明超級體驗電玩。

首先我要以最新科技來發明「mini real」遊戲主機，它可以將人劃分為好幾個小分子，再傳進遊戲機中，進行真實的線上遊戲。

最棒的主機當然要配合最讚的卡匣，名為「GS暗影部隊」，遊戲中當然以槍為主要武器了呀！我一共收錄了一萬三千把槍放入GS洞中，並可以在對戰中使用，至於敵人部分，則要收服各種外型奇特的水怪、巨蟲等各式各樣的變種生物。另外場景也是不可或缺的，我設計的場景一共有七種，都是以逃亡為劇情，這遊戲一開賣，必定會湧入上千萬人，真是叫人興奮呀！

本店的熱門卡匣當然不只一種，另外一片遊戲名為「危險外星人」這回主角會變成PO外星人，武器就是學會的絕招，隨著級數的提升，絕招當然不同，敵人就是想佔領PO

星的KG星人，劇情就是保護PO星並炸掉KT星，這下子只要遊戲熱賣，我就變成百萬富翁了。

「mini real」熱賣後，我就繼續發明其他的遊戲來豐富各位玩家的生活，在歷史上留下我的足跡。

活在古代的我

新平國小　潘祈宏

我總是想著，瀟灑的我站在城牆上，指揮著大軍，我，是一名軍師——諸葛祈宏。

每一次我在房間拿著扇子揮來揮去，都想像著自己正站在戰車上拿著羽扇指揮作戰，但這場仗可是不容易獲勝，因為指揮敵軍的將軍是善用兵法的——司馬昀潔。

每當我玩得正開心時，媽媽總是要我去看書，雖然我在看書，但腦中的傳令兵卻不停的回報「大人，我軍駐紮之地失守。」「赤壁受到敵人的突襲。」使我不得不回到我的幻想世界。

在滾滾黃沙的戰場上，我軍大獲全勝，但我一心只想追擊敵軍，不小心中了司馬昀潔的計——埋伏。這時出現了兩千人馬把我軍團團包圍，這時敵軍排出了「八門金鎖陣」「哈！排出什麼陣，只會賣弄兵法的。」幸好我帶著一百大軍……破解了八門金鎖陣。回到了軍營，對於這次的事件，我把自己從宰相降到左將軍，以反省這次的失敗。

差點戰敗的我只好重新整頓兵馬，進行下一次的北伐。在我一次又一次的勘察地形之下，我有個重大的發現：東邊的枕頭是繁榮的合肥城，西邊的枕頭是許昌城，中間的被子是茂密的森林──葫蘆谷，敵人正好在那紮營，有一個可行的計畫浮現在我的心頭，於是我派出五十名騎兵在葫蘆谷放火，可是正好下雨了，使我的計策無法成功。

當我坐在帳篷裡思考著對策時，母親大人掀開帳篷，大聲的叫我去睡覺，在忙亂中我竟然回答：「是，大人。」

語言文學類　PG0449

六年一班實現夢想的羽翼
——小學生作文作品集

編　　著 / 張雅婷
責任編輯 / 蔡曉雯
圖文排版 / 蔡瑋中
封面設計 / 蕭玉蘋

發 行 人 / 宋政坤
法律顧問 / 毛國樑　律師
印製出版 / 秀威資訊科技股份有限公司
114台北市內湖區瑞光路76巷65號1樓
電話：+886-2-2976-3638　傳真：+886-2-2976-1377
http://www.showwe.com.tw
劃撥帳號 / 19563868　戶名：秀威資訊科技股份有限公司
讀者服務信箱：service@showwe.com.tw
展售門市 / 國家書店（松江門市）
104台北市中山區松江路209號1樓
電話：+886-2-2518-0207　傳真：+886-2-2518-0778
網路訂購 / 秀威網路書店：http://www.bodbooks.tw
國家網路書店：http://www.govbooks.com.tw
圖書經銷 / 紅螞蟻圖書有限公司
114台北市內湖區舊宗路二段121巷28、32號4樓
電話：+886-2-2795-3656　傳真：+886-2-2795-4100

2010年10月BOD一版
定價：220元

國家圖書館出版品預行編目

六年一班實現夢想的羽翼：小學生作文作品集 / 張雅婷編
著. -- 一版. -- 臺北市 : 秀威資訊科技， 2010. 10
面； 公分. --（語言文學類 ; PG0449）
BOD版
ISBN 978-986-221-607-1(平裝)

859.7 99017242

讀者回函卡

感謝您購買本書，為提升服務品質，請填妥以下資料，將讀者回函卡直接寄回或傳真本公司，收到您的寶貴意見後，我們會收藏記錄及檢討，謝謝！如您需要了解本公司最新出版書目、購書優惠或企劃活動，歡迎您上網查詢或下載相關資料：http:// www.showwe.com.tw

您購買的書名：________________________________

出生日期：________年________月________日

學歷：□高中（含）以下　□大專　□研究所（含）以上

職業：□製造業　□金融業　□資訊業　□軍警　□傳播業　□自由業

□服務業　□公務員　□教職　□學生　□家管　□其它_____

購書地點：□網路書店　□實體書店　□書展　□郵購　□贈閱　□其他

您從何得知本書的消息？

□網路書店　□實體書店　□網路搜尋　□電子報　□書訊　□雜誌

□傳播媒體　□親友推薦　□網站推薦　□部落格　□其他__________

您對本書的評價：（請填代號　1.非常滿意　2.滿意　3.尚可　4.再改進）

封面設計____　版面編排____　內容____　文／譯筆____　價格____

讀完書後您覺得：

□很有收穫　□有收穫　□收穫不多　□沒收穫

對我們的建議：________________________________

____

____

____

請貼
郵票

11466
台北市內湖區瑞光路 76 巷 65 號 1 樓
秀威資訊科技股份有限公司 收
BOD 數位出版事業部

....

（請沿線對折寄回，謝謝！）

姓　　名：＿＿＿＿＿＿＿＿＿　年齡：＿＿＿＿　性別：□女　□男

郵遞區號：□□□□□

地　　址：＿＿＿＿＿＿＿＿＿＿＿＿＿＿＿＿＿＿＿＿

聯絡電話：(日)＿＿＿＿＿＿＿＿＿＿(夜)＿＿＿＿＿＿＿＿＿＿

E-mail：＿＿＿＿＿＿＿＿＿＿＿＿＿＿＿＿＿＿＿＿